通天閣へ
僕とママの、47年
日立

序章——通天閣から空へ

通天閣さんの展望台に立つと、雑踏と混沌を飲み込んだ、大阪の街が一望できる。

おもちゃのように見える、どこか現実感のないパノラマ風景。そこから視線を足もとに下げると、「日本一」ののぼりを立てた串カツ店が何軒も連なる商店街や、いまだ昭和のにおいが漂う天王寺動物園、街にうごめく国際色豊かな観光客たち。

浪速独特の懐かしさと現代とが溶け合う新世界の街並みが、ごちゃごちゃと浮かび上がってくる。まるで統一感のない街のディテールがすっきりと整理された街区にはめ込まれているので、よけいに落ち着かない。

新世界の一角は、高層ビルやスタイリッシュなタワーマンション群に取り囲まれて、しぶとく居座る昭和の最後の要塞のようにも見える。すぐそばにそびえ立つあべのハルカスが、はるか上空からそんな一角を冷ややかに見下ろしていて、まるで僕自身が冷たい視線を投げられたように息苦しくなる。そんなとき、僕はいつも大きく深呼吸をしながら360度のパノラマをぐるりと見渡す。

けれどもプラモデルの城のように見える大阪城は、申し訳程度に緑に囲まれているものの、巨大な灰色の軍勢に追い詰められてどこか所在なく、かつては緩やかな曲線を辿ることができた淀川も、びっしりと街を埋める長身の建物たちで遮《さえぎ》られていて、もう断片でしか眺めることができない。

その淀川のほとりに、ひっそり佇む北大阪祭典。そこにいま、僕たち母子はいる。

この葬儀場からいくら背伸びをしても、通天閣さんの姿は目視できない。通天閣さんからも僕たちの姿は目に入らないだろう。いや、通天閣さんはその名のとおり天に通じる場所として、僕とママの姿を遥か遠くの空から眺めてくれているのだろうか……。

この葬儀場で誰かと別れるのは、二度目のことだ。

一度目の別れは、かけがえのない親友であり、相方であった男との、別れだった。

今、僕は相方のときと同じ葬儀場で、ママの葬儀の段取りをつけている。

「明日の葬儀は八時半から。ちょっと早いけど、よろしくね」

通夜を終え、外に出て見上げた夜空は今にも泣き出しそうだ。きょうだいたちは一旦それぞれの自宅に戻っていった。

この人は、今から遠い遠い空に旅立つのだ。僕は一人になって、冷たくなったママの顔を眺める。

ママとの別れはこれが最初ではなかった。幼かったあの日、玄関先で泣き叫び続けていた僕たち。

何十年経っても、脳裏から決して消えることのない記憶……。

あの頃と同じように、目の前で眠っているママは鮮やかな色の紅をさしている。

ママのこんな顔、久しぶりやなあ。

二人きりの小さな空間で、ママに話しかける。

遺影は若い頃の写真を選んだ。いや、選んだのは嫁だ。病気になる前のママらしい姿で送ってあげたいという気遣いをしてくれた嫁は、ママが元気な頃からいつもそうやって、口ばかりで行動の伴わない僕の代わりに動いてくれていた。

黒いふちに囲まれて目にするママの写真は、毛先をカールした栗色の髪に、大女優のような派手な花柄模様のワンピースにネックレス。まるで、一九七〇年代の流行最先端のグラビアを切り取ったようだ。

それはおそらく、ママの人生のなかで一番幸せだった頃だろう。

「親族一同」と筆書きされた一対の供花の中央で、若き日のママは大女優のようなゴージャスな笑顔で、僕を見つめている。

僕は幼い頃のことをあまり覚えていない。その後僕に降りかかる数々の出来事が、当時の幸せな記憶を塗り潰してしまったのだろうか。それともママのことを思い出すと辛くなるので、無意識に記憶から消してしまったのだろうか……。

後年、ママを蝕《むしば》んだ病気は、彼女の脳内から少しずつ記憶を消去していった。奇しくもママと僕は、双方でお互いの記憶を消していくことになったのだ。

女優のように微笑む写真から目を離し、無表情に眠り続けるママの顔に視線を戻す。

この人は自らの人生を楽しめたのだろうか。

そうだ、そうに違いない。平穏無事に年月を重ねるよりも、先の読めない激しい人生のほうが楽しいはずだ。いつものように、僕は身勝手に、自分に言い聞かせる。


四十代後半の男が、いまだに自分の母のことを「ママ」と呼んでいる。

周囲からすれば、かなり違和感のある呼び方だろう。それは自分でも承知だ。

幼かったあの頃、僕たち四人のきょうだいは母を「ママ」と呼んでいた。同じく「パパ」と呼んでいた父のことは、共に過ごした時間のなかで「お父さん」へと変化していった。けれども母は「ママ」として取り残されたままだった。

ずっとずっとあの頃のままで……。

目次

装画　峰岸達
装丁　長井究衡

通天閣さん　僕とママの、47年

第一章

下町の少年

通天閣さん

かつての昭和の香り漂う電気屋街からオタクの街へと変貌をとげた大阪、日本橋。東京の日本橋《にほんばし》とは違い「にっぽんばし」と発音する。どこか濁ったオレンジ色の光を放つこの街は、幼い頃は果てしなく続くように思われた長い電気屋街を抜け出ると、さらに巨大な繁華街・難波に通じている。この界隈《かいわい》はいわば大阪のど真ん中。日本橋や難波、心斎橋のあたりを引っくるめて、昔も今も「ミナミ」と呼ばれている。

僕が生まれ育ったのは、日本橋電気屋街を東へと抜けた、大都会の時間の流れから取り残されたような灰色の下町だった。

何日も放置していた雑巾のようなすえたにおいが町全体に漂い、外壁のあちこちにひび割れを補修した跡がかさぶたのように貼り付いた市営団地が並ぶ。小さな銭湯には「ゆ」と染め抜かれたのれんがぶら下がるが、道行く人々がのれんの端で手を拭《ぬぐ》うのでいつもどこか黒ずんでいる。日が暮れるとホームレスのおっちゃんたちがリヤカーを引いて現れて、段ボールを布団代わりにして通りのあちこちで浅い眠りについてゆく。

ポツンポツンと点在する小さな町工場のほとんどはウエス屋だ。ウエスとは機械類の汚れを拭き取るためのボロ布のこと。美容院や家庭などで使い古した繊維類を引き取り、工場で洗浄・裁断・加工をしてガソリンスタンドや整備工場などに納品するという小商いだ。我が家もウエス屋を経営していた。

一階はおんぼろの工場になっていて、隅っこにはいくら静かに足を進めてもギシギシと音の響く木造階段があった。そこを上がると高山家だ。だだっ広いだけの部屋が三つと台所。中央で幅をきかせている食卓には、食器棚に収まりきれず仕方なく渋滞している大量のコップやお皿。ビニールで編んだザルの中にはママのメモ書きがぎっしり詰まっている。

廊下を挟んで向かい側には父専用の応接間があった。ガラスのテーブルとふかふかのソファー。姉専用のピアノもその空間に押し込まれていた。楽しそうにピアノを習う姉が、笑顔でピアノの前に座っていたのを覚えている。

応接間に隣接してまた階段があって、そこを上がるとベランダに出る。小さいながらも開放感のあるベランダは、大工職人である父の友人が作ってくれたものだ。今の時代なら、確実に違法建築とされるだろう。

工場の始業前、ママはいつもこの手作りのベランダでたくさんの洗濯物を干していた。

僕も、ときどきママにくっついてベランダに上がった。そこからは通天閣さんが見えた。

「通天閣さんは、ともくんのこと、いつも見守ってくれてるんやで」

「なんで？」

「ともくんのことが心配やから。嬉しいときも悲しいときも、ぜーんぶわかってくれてるんよ」

「つうてんかくさんは、なんでそんなことまでわかるん？」

「大阪でいちばん背が高いから、なんでも見えるねん」

「おうちのなかにいても？」

「見えるよ。通天閣さんは神様と一緒やねん」

洗濯物を干し終えたママはときどきそんなことを言って、通天閣さんをぼんやり眺めていた。僕が大人になってからも「通天閣」のことを「通天閣さん」と呼ぶのは、母親ゆずりなのだ。

下町のハーモニー

昭和四十年代後半の日本は、まだ高度経済成長の真っただ中。がむしゃらに働けばきっと幸せになれる……。そんな夢をみんなが漠然と持っていた。うちの小さな工場でもパートのおばちゃんをいれても十人にも満たない作業員と両親が、汗をびっしょりかきながら、朝から晩まであくせくと働いていた。

工場の作業音が響く日中は危険なので、子どもたちは絶対に工場に立ち入らないようにときつく言いつけられていた。二階にまで賑やかに響いてくる作業音は、うるさいながらも両親の存在を感じる子守歌でもあった。

夕方になるとママだけ工場の作業を切り上げて、夕飯の準備に入る。買い物には僕もよくついていった。

自宅から通天閣さん方面に真っ直ぐ行くと市場がある。それほど遠くはないが、子どもの僕にはけっこうな距離だったろう。でも歩くのが嫌だとグチったことはない。その市場には僕を喜ばせてくれるアイテムがあふれていたからだ。

ママはまず、何も買わずに市場をぐるりと一周する。市場には雑巾のにおいではなく、新鮮な魚のにおいが満ちている。ママはキョロキョロしながら、時折、藁編みの買い物かごから小さなメモ帳を取り出して、その日のお買い得品を書きとめる。彼女は何でも文字にして書きとめておく人だった。市場を一巡するとそのメモを見返して、ママはようやく今夜の献立を決める。

僕は夕食なんて何でもよかった。それよりも買い物のあとにもらえるご褒美が楽しみだった。まずはジュース屋のグリーンティー。見た目は苦そうだが、口のなかで甘い味が広がるグリーンティーは僕の大好物だ。冷やしあめを選択する日もある。グリーンティーと冷やしあめは三十円。三十五円のミックスジュースを選んだことはない。ジュース屋以外にもクリアしたいアイテムがあったから、子どもなりに節約していたつもりだったのだろう。

市場の中には一軒だけお菓子屋さんがあった。子どもが喜びそうな駄菓子よりも、ビールのつまみになるような乾き物やあられなどでほとんどの棚が埋まっている。そんな大人のお菓子なんかに興味はないが、店内奥にあるレジ付近、天井から吊るされているウルトラマンや怪獣のソフビに幼い僕は目を奪われた。ソフビとはソフトビニール製の人形のことだ。

ソフビを指さし駄々をこねる。その場を立ち去ろうとするママの手を摑んで泣き叫ぶ。それでも買ってくれないときは最後の手段で、市場の通路に寝転がって手足をバタバタさせながら猛烈なストライキを行う。こうした作戦は三割ぐらいの勝率で、僕はバルタン星人やカネゴンやエレキングなどの怪獣ばかりを手に入れていた。

無念にもすべての作戦が失敗に終わったときは、次なる目標に挑む。お目当ては市場を出たところにある薬屋の前に並ぶ、自動車や機関車の乗り物だ。ママも折り合いをつけてくれたのか、ソフビを買ってくれなかった日でも必ずこの乗り物には乗せてくれた。塗料の剝《は》がれたケロヨンの隣で、錆《さ》びついた乗り物のハンドルを左右に回し、ケロヨン以上に頭を揺さぶりながら得意気に運転する僕。今の僕がこの場に出くわしたならば、「このクソガキ」と、苦々しく思ったに違いない。

甘えん坊の僕に母は優しかった。

保育園の頃、僕はしょっちゅう右腕を脱臼《だっきゅう》して骨つぎ医院に運ばれていた。原因はわからないが、何らかの拍子で脱臼しては、その痛みに耐えきれず泣きわめいた。

　僕の肩が脱けるたびに、工場を抜け出したママが作業着姿のままで保育園まで飛んできて、僕を抱きかかえて近くの骨つぎ医院まで連れていってくれた。ママの胸元に顔を埋める僕の細い右腕を、先生が慣れた手つきで繋ぎ合わせる。治療が終わると、ママは僕の右腕をかばうように抱いて家まで連れて帰り、仕事には戻らず二階でそのまま添い寝してくれた。

　右腕の痛みが治まってくると、子どもには布団の中など退屈で仕方ない。でも、がっちりと抱き締められているので動けない。

「もう、だいじょうぶやから起きる」

　僕を抱きながらまぶたを閉じているママに伝えても反応がない。もぞもぞと動きながら何度か訴えると、ようやくママのまぶたがほんの少しだけ開く。

「あかん。もうちょっと寝ときなさい……」

　疲れたかすれ声で呟いて、ママは再び深い眠りについてしまう。来る日も来る日も仕事や家事、育児に追われているママの安らぎの時間は、僕の右腕が脱臼したときにだけ訪れたのかもしれない。

　この時代の女性は家庭のすべての雑務をこなして当たり前だった。できなければサボっている、要領が悪い、などと批難さえされていた男性中心の社会風潮。近くに住む父方の祖母、つまりママにとっての姑がうちにやって来ては、嫁であるママに小言を並べている姿を、僕は幼い頃しょっちゅう目にした。祖母が意地悪だとかそういうことではない。祖母は戦時中の極貧を乗り越えた女性なので、ママ以上に苦労した日々を送ってきただろう。そんな祖母と、戦後の教育を受けてきたママとは、育ってきた環境や価値観にズレがあったのだ。

僕の肩は夜中の寝返りでも脱臼することがあった。ママは飛び起きて、どんなに夜更けでも僕を抱えて骨つぎ医院のチャイムを鳴らしてくれる。そんなときの僕は、彼女の貴重な睡眠時間を奪っていたのだった。


父もまた、母に負けず時間に追われていた。

毎朝、真っ先に工場の機械を動かし始めるのは父だ。工場主に次々とスイッチを入れられた機械たちは、順に高低音の声を上げていく。それはいつしか大きな合唱となり工場に鳴り響く。他人が聴けば耳障りな騒音だが、高山家にとっては耳に馴染《なじ》んだ、賑やかなハーモニー。

父は配達もこなしていた。縫い上がった繊維類をビニール紐で縛り、二トントラックに積み込んで、日に幾度となく灰色の下町を駆け抜ける。仕事を終えて二階に上がってくるのはいつも夜も遅くで、僕たちがお腹いっぱいになって風呂でさっぱりとして、寝巻きに着替えたぐらいになって、ようやく仕事を終えた父の姿を目にした。

たまに早く帰ってきたとき、ビール瓶を片手にちびちびと喉を潤しながら、一人静かにプロ野球をテレビ観戦していた姿が、僕の幼少期に刻まれている父の残像だ。

ミナミには当時、プロ野球チーム・南海ホークスが本拠地にする大阪球場があった。古ぼけて全体が茶褐色をおびており、日本橋の濁ったオレンジ色と混ざり合って、何とも哀愁漂う色褪せた風情を醸し出していた。

父は南海ホークスも応援していたが、ブラウン管に黄色と黒のタテジマのチームが登場する日は、タテジマチームが得点すると、決まって笑顔になり白い歯を見せた。

普段は内風呂で済ませていたが、プロ野球の放映がない日は、父は近所の銭湯に行った。特に冬場は野球がシーズンオフなので銭湯に行く回数も増えて、僕もよく一緒に連れて行ってもらった。湯船に浸かりながら、野球のルールすらわからない僕に野球の話ばかりをしていた父だが、野球経験はまったくない。

風呂上がりに脱衣場で酒盛りしている近所のおじさんたち。父も時折その小さな宴に参加する。

「社長、最近は忙しいでっか。儲《もう》かってまっか」

いつもの挨拶に軽く受け答えしながら、父は「ヴィーーーーン」とひたすらに唸り続けている冷蔵庫からラムネを取り出して、ビー玉の栓をぷしゅっと指で押し開けて僕の口に運んでくれる。幼い僕の力ではビー玉はびくともしない。たくましい父、まわりから「社長」と呼ばれている父。僕は父が誇らしかった。

ママ、さみしかってん

「つうてんかくさん、きょうもボクをみてくれてたかな？」

夕方、ママが洗濯物を取り入れるときも、僕はママにくっついてベランダに上がった。

「ともくんが賢くしてたか、もちろん見てたよ」

「ママ、おわったらチュウチュウこうげきごっこしよ。つうてんかくさんにみせてあげよ」

高山家の「チュウチュウ攻撃」とは、テレビの前で晩酌をしている父の傍らで、ママが僕たちきょうだいを順に抱き締めてはほっぺにキスをしていく戯《たわむ》れだ。

「今日もまたかいな〜」

ビールをちびちびやりながら、父が微笑んでいる。

面白がって逃げ回る僕たちを一人ずつ捕まえるチュウチュウ攻撃で、いつも決まって最初に捕虜となるのは末っ子のマー坊だ。続いて妹の美保、そして僕。最後に長女の洋子姉ちゃんが捕まってキスをされてイベントは終了する。

時折、逆バージョンも展開された。逃げ回るママを子どもたちが追いかけ回し、頃合いを見て捕まってくれたママに一斉にチュウチュウ攻撃をする。加減を知らない子どもたちによる攻撃はすさまじい。ママの顔面はヨダレまみれになっている。

「もぉ〜!　拭けば拭くほどクサイやんか!」

おどけてみせるママと、その一部始終を見ながら酒の肴とする父。

大好きな、家族の光景だった。

小学校に上がり、ランドセルを背負って走り回るのにも慣れてくると、身体がしっかりしてきたのか僕の右腕も脱臼しなくなっていた。ちょうどその頃だ。家業のウエス工場とは別に、喫茶店と麻雀店をママが経営することになった。

ママには夢があった。家族を陰で支えるだけではなく、何か商売をして自分の力でお金を稼ぎたいという夢だ。買い物についていった道中の大人たちとの会話のなかでママは「いつか店を持ちたいんよ〜」とよく口にしていた。

手に入れたのは日本橋にある黒門市場の外れにある物件で、一階が喫茶店、二階が麻雀店、三階が仮眠室になっている。いくら当時の物価がまだ安かったといっても、ビル一棟となると相当な額だっただろう。

二軒の店を同時にオープンすることが決まってから、父と母はときどき激しい口論を繰り広げるようになった。姑である父方の祖母も猛反対していたのを覚えている。

そんな両親の姿を目にして、僕たちきょうだいは行き場のない悲しみをどうしていいのかわからず、よく泣くようになった。

当時は娯楽もあまりなく、地域によっては自動販売機すら珍しかった時代。麻雀店は大当たりした。喫茶店もまた、黒門市場近くという立地も功を奏してか、界隈の商店からの注文が次々と入り、双方ともに大忙しだった。学校が休みの日に店に連れていってもらうと、何人も従業員がくるくると働いていて、一階も二階ものすごく活気づいていた。ママは家では見たことがなかったような自信に満ちあふれた顔つきで、生き生きと店を仕切っている。

商売が繁盛するほどに、ママは次第に家でも発言力を強めていった。父も祖母も以前のように母の意見を頭ごなしに押さえつけたり、異を唱えたりすることはなくなっていく。家の中のパワーバランスはみるみる変わっていった。

あか抜けたワンピースを着て働く三十代半ばのママ。綺麗で格好いいが、今までずっと僕たちのそばに居てくれた、工場のにおいのする母親とは別人の女性だった。

いつの間にか、ママの顔を見られるのは朝ごはんのときだけになっていた。その朝さえ起きてこない日も増えた。母が作業着姿で一階の工場に下りることはなくなり、喫茶店と麻雀店の経営が彼女の本業となった。学校から帰っても、ママからの「お帰り〜」の声は聞こえてこない。

夕飯はママが用意していたものを子どもたちだけで食べた。しかしその回数も徐々に減っていき、父方の祖母が家事を手伝いにきてくれるようになった。母についてベランダに上がり通天閣さんを見ることももうなくなった。夜、喫茶店が閉店したあとも、麻雀店は深夜になってもお客さんがいる限り営業が続く。ママが帰宅する頃には僕たちは深い眠りについている。家族とママとの距離は次第に広がっていった。


ごくたまに、母方の祖母が乳母車にたくさんの食材を詰め込んで、高山家まで足を運んでくれることがあった。ママは五人きょうだいの末っ子だったので、父方と母方の祖母を比べると、ママのおばあちゃんのほうがかなり年配だった。

時代のせいか、教育を十分に受けられず、ママのおばあちゃんはカタカナしか読み書きができなかった。ひらがなや漢字が読めないので、電車にも乗れない。自宅は天王寺区寺田町にあり、足元のおぼつかない祖母だとおそらくうちまで片道一時間。それでも祖母は乳母車を杖代わりにして、僕たちのために食材を運び、ご飯を作ってくれた。

どちらのおばあちゃんも大変だったろう。

それなのに、僕たちは二人の祖母が作るごはんをよく残した。骨だらけの焼き魚や茶色い煮物や漬物ばかりで、子どもの口には嬉しいものではなかったからだ。

お腹が満たされず、ママが営む店へと向かうことがあった。

迷子になりながら、不安で涙がこみ上げて、ようやく店にたどり着いたときにはお腹がぺこぺこ状態。喫茶店の自動ドアが開くと、そこには小綺麗な服に身を包んだママの姿があった。

「ママ、さみしかってん。おなかすいてん」

華やかなワンピースに、涙の続きと鼻水をつけて甘える。

「ごめんやで。今忙しいから向かいの洋食屋さんで食べてきてね」

僕を抱き締めたママは、小さな手のひらに千円札を乗せてくれる。

ママが何度か連れて行ってくれたその洋食屋では、家の食卓には絶対に並ぶことのない料理が出てくる。白いテーブルクロスの掛かったテーブルにナイフとフォークとスプーン、それにナプキンが置かれている。店内に子どもの姿はなく、僕は平静を装いながら大人を真似て料理を待つ。まず最初にポタージュスープが、大きなお皿の上に乗った本格的な状態で運ばれてくる。

「音はなるべく立てへんようにして食べるねんで」

そんなママの言葉を思い出しながら、大きなスプーンで慎重にスープをすくって口に運ぶ。めちゃくちゃ美味しい。美味しすぎる。メインはものすごく柔らかいハンバーグだ。平たいお皿に盛られたライスとともに、もりもり食べる。おばあちゃんもこれを作ってくれたら残さず食べるのに。

満足したお腹を抱えてママの店に戻り、仕事が終わるのをずっとずっと待ち続ける。ママの仕事の隙を見つけて甘えるが、ママは忙しすぎてそれどころではない。

ある日、ママは僕にきっぱりと告げた。

「おそなるから、はよ帰っとき」

ようやく口を開いてくれたママからの言葉に、いきなり突き放された気がした。その夜、僕は泣きながら、そして迷子になりながら、一人でとぼとぼと家に帰った。

借金

南海ホークスが本拠地で試合をする時、父はよく僕の手を引いて球場に足を運んだ。緑色をベースにした帽子をお揃いで被《かぶ》り、一塁側の内野席からグラウンドに向かって声援を響かせる。大阪球場は敷地が狭く、観客席は急斜面のすり鉢状になっている。はしゃぎすぎれば転げ落ちそうになるので、父はいつも僕の手をしっかり握っていた。子どもの僕には野球のルールは理解できなかったが、ゲーム結果は父の表情で理解できた。

大阪球場のゲートを出ると、そこには毎回必ず僕たちを迎えるママの姿があった。両親に挟まれて手を繫ぎ、ときには両サイドから僕を持ち上げる変則バージョンの「高い高〜い」をしてくれて、僕は野球観戦のときの数倍も喜んで家路についていた。

しかし、もうそんなママの姿はない。僕は父と二人きりでいつもの道を帰るようになった。そんなある日の道すがら、父はスポーツ店でグローブを買ってくれた。「これにしとき」と小さな僕の手のひらにはめてくれたグローブは、それまで繫いでくれた母親の手の代わりになった。

学校から帰ると真っ先にグローブを手にはめて、近所の廃墟の壁を相手にキャッチボールをした。陽が暮れるまで壁当てをして、忙しくて帰ってこられないママの帰りを待ちわびた。

小学校の運動会や授業参観などの学校行事。一年生のときは必ず来てくれていたママの姿は、二年生に上がる頃には見られなくなった。普段の生活でも、ママの顔はごくたまに朝ごはんのときに見かけるくらいで、店の三階の仮眠室で疲れを癒しているのだと大人に聞かされた。

相変わらず父方の祖母が夕飯を作りにきてくれていたが、父には年の離れたまだ学生の妹がいたので、祖母は自分の仕事を終えて娘の食事の準備を済ませてから、さらに孫たちの夕飯の支度に取りかかるという日々を余儀なくされた。

祖母が末娘を産んですぐ、夫である祖父は肺炎を患い、その一年後に亡くなったそうだ。そのためおばあちゃんは、夫の死後、乳飲み子を抱えながら働き詰めで、無我夢中で子どもたちを育ててきた。早朝からビルの清掃業、午後からはうどん屋のパート。父に連れられて、僕もそのうどん屋に行ったことがある。お昼どきの店内は気の荒い肉体労働者でごった返していた。

「おい！　ババア、はよ注文取りにこんかい！　とろくさいの～」

「便所、しょんべん飛びまくっとるやんけ！　ババア、掃除しとんか！」

「こっちが先に注文したのに、なんで向こうのんより後なんじゃい！」

大人たちの罵声《ばせい》は僕の耳にも突き刺さる。おばあちゃんは客に怒鳴られながらも額に汗して必死で仕事をこなしている。客が引いたあとは、洗い場には汚れた器が山積みになっている。長い間年がら年中、大量のお皿を洗ってきた祖母の手は洗剤で荒れて、皮膚は干ばつに見舞われたアフリカの大地以上にひび割れていた。

その日常に重ねて孫たちの食事のために台所に立つようになったおばあちゃんは、みるみる絞りきった雑巾のように疲れ果てた顔つきになり、些細《ささい》なことで声を荒げるようになった。精神的にも肉体的にも限界に近かったのだろう。茶碗を洗いながら、独り言でママに対する怒りを露《あらわ》にした。父とも頻繁《ひんぱん》に口論をするようになった。そして、二人の不機嫌なやり取りから「シャッキン」という不吉な言葉が漏れ聞こえてきた。

ある時からママの店の経営状態は、かなり厳しくなっていたようだ。

喫茶店と麻雀店をセットでやれば儲かるという発想で商売を始めるとき、準備資金は大きな借金でまかなわれていた。オープン当初は順調だったものの、その程度の発想は誰しもが思いついたのだろう。半年も経たないうちに周辺は喫茶店だらけになり、麻雀店も増え、せっかくついてくれたお客さんはみるみる減っていった。客は単純なものでサービスのいい店を選んで常連となる。そうやって生き残る店とそうでない店の明暗が分かれる。短期間で急増した喫茶店や麻雀店はあっという間に淘汰された。残念ながらママの店は、その生き残り競争に負けてしまった。

母の借金は、父の運営する工場の存続をも脅かした。

借金の取り立てや催促で自宅の電話がじゃんじゃん鳴り響き、誰が見ても裏社会で生きているとわかる雰囲気を醸した男たちが、頻繁に工場を訪れるようになった。

父も母も細かな事情を子どもたちに説明することはなかった。いや、そんな余裕すらなかったのかもしれない。たった一年半ほどのママの赤字経営は、高山家の生活基盤である工場を奪った。

大人になってから知ったこともある。当時を知る人に聞かされたのは、ママが毎日のように大勢の人を引き連れて飲み食いのお金をおごったり、ずいぶんと派手な生活をしていたという事実だ。

子育てや家事に追い立てられて、何一つ自由にならない抑圧された結婚生活の途中で、突然、自分自身の才覚で自由になるお金と発言力を得た。それでたがが外れてしまったのではないだろうか。彼女の性格からして、家族も含めてただただ周りの人たちに喜んでもらいたい、そして自分の存在価値を認めてほしいという気持ちで散財していたのだと思う。また、店で知り合ったハイソな人たちに合わせて、自らも無理して高級志向を気取り、そんな店に付き合う、おごる。ついにはその度が過ぎてしまったのかもしれない。子どもの頃は理解できなかったが、大人になってからそんなふうに理解することがあった。なぜなら僕にも似たようなところがあるからだ。そして似たようなことをしたからだ。母がそのときに感じたであろう気持ちの良さだけではなく、もどかしさや自分へのやりきれなさを僕は後年身にしみて感じることになった。

まだ、ずっと先の話ではあるが。

行ったらアカン!

僕が小学三年生になったある日、ママは二軒の店を同時に畳むことになった。

父からそう聞かされたあとも、ママが家に戻ってくることはほとんどなかった。

寺田町の祖母のところや親戚の家に用事で行っている、と父方の祖母から聞かされるばかりで、不安と寂しさに襲われる日々は続いた。

大人たちの会話から漏れ聞こえる「保証人」「差し押さえ」「担保」という単語。詳しい意味を理解できなくても、僕たち家族を引き離す不吉な予感に満ちていることを肌で感じていた。ママの大切にしていた家財道具が、一つまた一つと姿を消し、家のなかからママのにおいも気配も少しずつ消えていく。もとから意味なくだだっ広かった居間は、さらに虚しい空気でスカスカとしていった。

ある夜のこと、父と祖母が応接間にこもって深刻な様子で話し込んでいた。僕たちきょうだいは扉に張りついて聞き耳を立てた。

「次の土曜日に最後の話し合いをするから」

「あんた一人でどうやって子どもらの面倒見るんや」

「しゃーない。もうあいつとは一緒におられへん。このままやったら子どもらまで巻き込んで共倒れしてしまう」

僕たちの心が凍りついた。

次の土曜日でママがいなくなる。ママがいなくなる。ママがいなくなる……。

きょうだい四人は応接間の扉の前で泣き叫んだ。

「どないしたんや？」

顔を曇らせて応接間から出てきたおばあちゃんは、涙と鼻水でぐちゃぐちゃになった僕たちの顔に目をやった。そして黙ったまま、まだ母の膝が恋しい園児のマー坊をぎゅっと抱きかかえた。

応接間のソファーにへたり込むように座っている父に向かって、洋子姉ちゃんが泣きながら言葉を投げかける。

「ママがおらんようになるん？　なんで？　なあ、なんで？」

あふれる涙を拭いもせず問い続けたが、父は前かがみのまま、髪の毛をくしゃくしゃにしてうなだれているだけだった。そしてようやく一言だけ呟いた。

「土曜日、帰ってくるよ……」


土曜日。ついにこの日がやって来てしまった。

父が言ったとおり、久しぶりにママが家に帰ってきた。話し合いをすると聞いていたが、父と母が言葉を交わす気配もない。

いつもどおりに僕たちと接しているつもりのママだが、どこか違う。無理に会話して笑ったあとの寂しげなママの目が、子どもたちの不安をさらに掻《か》き立てた。

ママは台所に立ち、久しぶりのママの手料理がテーブルに並ぶ。何を食べたのか覚えていない。ただ、とにかくゆっくりと食べたことだけは鮮明に覚えている。少しでもママに長く家にいてほしかったからだ。

夕飯を済ませると父は応接間に姿を消した。ママの目は潤んでいる。

「さあ、久しぶりにチュウチュウ攻撃するで～」

ママはまた無理に笑ってみせた。僕たちはほとんど逃げ回らなかった。いつものように、最初に末っ子のマー坊が捕まった。笑顔を見せていたママが、マー坊を抱き締めてしくしく泣いている。妹の美保は黙ってママのそばで順番を待っていた。美保もしくしく泣いている。少し離れたところで待機していた僕も、ママのそばにかけ寄って順番を待った。ママに強く抱き締められた。頬に唇を感じたが、涙は出なかった。これからママがいなくなるという現実が受け止められず、呆然として夢の中にいるような状態になっていた。僕もママの頰に無気力なキスをした。

「行かんとって。家におって！」

洋子姉ちゃんはママに抱きつき、号泣しながら何度も何度も叫び続けた。

「なに言うてんのん。洋子、どうしたんや？」

ママはそう言って、さらに涙をあふれさせた。

それからは誰もほとんど口を開かなかった。僕はテレビの前に座って、何一つ理解できないニュース番組に視線を送り、画像が乱れても室内アンテナを触ろうともせずに画面を凝視し続けた。眠ってしまったら、ママがいなくなる。そのことを知っていたから、きょうだい四人ともずっとずっと起きていた。

ママが鞄を持って立ち上がった。とうとう旅立つ時間が来てしまったのか。

「行ったらあかん！　行ったらあかん！」

洋子姉ちゃんは泣きわめいてママにしがみついた。

「どこも行かへんよ。ちょっと銭湯行ってくるだけやから」

そう言って、ママは洗面器ではなく鞄を持って木造階段を下りていった。階段はぎいぎいと寂しすぎる泣き声を上げた。

四人でママの背中を追った。僕たちを拒否するかのような背中を目にすると、先ほどまでこぼれなかった涙が僕の頬を濡らした。ママのチュウの温もりを消し去ってしまうぐらい、大量の涙があふれた。

「ママ、行ったらあかん！　行ったらあかんー！」

どんどん小さくなっていくママの背中にみんなで泣き叫んだ。

ママは声に摑まれるように立ち止まって肩を震わせて、何度か振り返って寂しい涙を見せたが、戻ってきてはくれなかった。

銭湯に行くと言ったママは、翌朝もやはり帰ってはこなかった。夢であってほしいと思ったけれど、ママはもうこの家からいなくなった。それが現実だった。

ママが出ていってから数日経った夜、僕たちきょうだいは応接間に集められた。

「十日後には、この家から出ていかなあかんのや」

父の言葉は、僕の身体を鉛のように重く、そして固くさせた。身体が動かない。洋子姉ちゃんは信じがたい事実を前に、放心したように突っ立っている。美保とマー坊は泣きじゃくって「いややっ！　いややーっ！」、声が枯れるほどに叫んでいた。

父と祖母の会話に何度も出ていた「保証人」「差し押さえ」「担保」の言葉を使い、父は現在の家の状況を僕たちに説明した。意味はわからない。でも、自分たちに良くないことが降りかかっていることはわかった。

翌日から、父は今後の生活の段取りをするために、学生時代からの友人である坂本のオッチャンの家に居候という形で移り住むことになった。アパート探しや仕事探し、僕たち四人の転校手続きなどで父は懸命だった。

母に続いて父までもがそばにいなくなったのは辛かったが、何せ十日以内にすべての段取りをしなければならないのだ。仕方がない。そう自分たちに言い聞かせるしかなかった。坂本のオッチャンとは何度か会ったことはあるが、どこに住んでいるのかも知らない。

「もしかしたらパパまでどこか遠くに行ってしまって、もう二度と会えないのかも？」

そんな不安を抱いてはきょうだい四人でまた泣いた。

日中は学校に通ったり、帰宅してからもきょうだいや友達と公園で遊んだりして、寂しさをごまかして心の穴を埋めた。子どもだけで暮らす高山家には、父方の祖母がへとへとになりながらも晩ご飯を作りにきてくれていた。

工場からは聞き慣れていた喧《やかま》しい音はもう聞こえない。音を発する機械たちはどこかに売られたのか姿を消して、山積みされた繊維類があるだけの殺風景な空間になっていた。

機械たちの高低音を織り交ぜた歌声が聴こえてこない静かな夕ごはん。煮物が固い。ぜんぜん煮えていない。おばあちゃんの疲労も極限に近かった。後片付けを終えて帰っていく祖母の背中は、日に日に小さくなっていた。おばあちゃんが帰ったあとはきょうだい四人で身を寄せあい、毎晩真夜中までしくしくと枕を濡らした。

強面の大人たち

「お前らの親はどこに行きよったんじゃ！」

一階の玄関が破壊されて、土足で階段を駆け上がってくる大人たちの足音。強面《こわもて》の大人たちの罵声が響く。

「……わかりません……」

「わからんハズないやろが！」

硬直状態のきょうだい四人は怒り狂った罵声を受け止める。受け止めるといっても、子どもには理解不能なことも多く、聞いているフリをするのが精一杯だ。そして、できる限り泣かないように堪えた。泣けばさらに強面の大人たちが怒り狂うからだ。

「ピーピー泣くな！　泣きたいんはこっちじゃ！」

家のありとあらゆるモノが壊されていく。ママにおねだりして集めたソフビの人形たちも、割られた窓から裏の空き地に投げ捨てられた。

暴れる大人たちの中に一人、僕の知っている顔があった。クラスメイトの年の離れたお兄ちゃんだ。その友達の家には何度か行ったことがあったし、公園で遊んでいるときなんかも、そのお兄ちゃんは通りすがりによく声を掛けてくれていた。

その友達には二つ上の兄がいるが、もう一人、腹違いのお兄ちゃんがいた。友達が「もう一人のお兄ちゃん」と表現していたその人が、まさにそこにいたのだ。

気づいてくださいと言わんばかりに、僕は友達のお兄ちゃんに視線を送る。

「ワレ、なにジロジロ見とんねん！」

押し倒されて壁に後頭部をぶつけられても、ただただ耐える。大人の手で顔を叩かれて脳に強い電流が走る。耳の奥がキーンと痺《しび》れる。座り直すとまた髪の毛を摑んで僕の後頭部を壁にぶつける。涙がこぼれるが、ただただ耐える。怖い。でも何も訴えられない。恐怖で言葉が出てこない。もしかしたら友達のお兄ちゃんも僕に気づいていたかもしれない。それなのに、いつも他の大人たち以上に家中を滅茶苦茶にするのは、この面子《メンツ》の中では一番若い友達のお兄ちゃんだった。悔しい。でも何の抵抗もできないほど、幼かった僕……。

破壊された玄関をさらに破壊し尽くして、強面の大人たちは消えていく。ようやく声を出して涙を流してもいい時間だ。しゃくりあげながらみんなで壊されたモノを一つひとつ片付ける時間。もう壊れてしまって、室内アンテナをいくら動かしても映らないテレビを元の位置へと戻す。粉々になった黒電話の破片を踏んでしまい、足の裏から血が流れる。なぎ倒された椅子やテーブル、本棚、ぐちゃぐちゃに引き裂かれた絵本、ランドセルから飛び出て大人たちの靴底の跡がついた教科書やノート、筆箱や縦笛。涙を拭い、鼻をすすりながらそれらを片付けた。でも知っている。翌日の同じ時間も、また同じことが繰り返されるのだ。

ある日は、一階の工場奥に山積みされている埃をかぶった繊維類の後ろで、ずいぶんと早い時間から息を殺していた。もう破壊しなくても出入りが自由になってしまっている玄関から、大人たちは入ってくる。土足で階段を駆け上がるいつもの靴音。二階から怒鳴り声が響いてくる。

「おい、こらっ！　おらんのかいっ！　どこに行ったんじゃ！　親出せ、親を！」

繊維で身体を覆ってさらに身を潜《ひそ》め、ほとんど息を止める。心臓の鼓動が激しくなっていくのがわかる。この鼓動が二階にまで届いたらどうしようという極度の不安で唇が震えだす。靴音が玄関から消えていくまできょうだい四人で耐え忍んだ。

とにかく早く終わって欲しい。それ以外、何も考えられない。

学校に通っている時間が、一番安心して過ごせた。目の前に先生が立っているだけで、ウルトラマンや仮面ライダーのような正義の味方に思えて心が安らいだ。

集中して授業を受けられる精神状態ではなかったが、それでも学校は楽しかった。とにかく給食があるのが嬉しい。高山家に朝ごはんなんてものはもはやない。給食のコッペパンにマーガリンを塗りたくってがっつき、ピラミッド型の紙パック牛乳をストローでじゅるじゅるといつまでも吸い続け、一滴も残すことなく流しこんだ。

僕の家を滅茶苦茶にするお兄ちゃんのいる友達とは、僕のほうから距離をおいた。そしてソイツに些細な意地悪もした。何かあるとすぐソイツは兄の名前を出すところが大嫌いだった。

姉がこんなことを言い出した。

「タンスの後ろとかに手ぇ突っ込んだり、冷蔵庫の下とかに割り箸入れて、とにかく家中の小銭かき集めて」

その小銭を持って銭湯に逃げ込もうというアイデアだ。

父専用の応接間でも這いつくばって小銭を探した。一階の工場もくまなく探してみると、五円玉や十円玉がけっこう落ちていた。かき集めた銅貨や銀貨を握りしめて、僕たちは銭湯に走った。たまにはゆっくりと湯船に浸かりたいなんて思いは微塵《みじん》もない。石鹸すら持っていない。強面の大人たちが帰っていくであろう時間を、湯船のなかで悪い汗をかきながらひたすら待った。

銭湯は夜十一時を過ぎると、のれんが脱衣場に運び込まれる。僕たちは真っ直ぐ家には帰らずに、通天閣さんに向かって歩いていく。これ以上は迷子になりそうだというところまで遠征すると、今来た道を戻ってとぼとぼ歩く。湯冷めして鼻水がズルズル出ていることすら気づかない僕たちは、その道を何往復もして時間をやり過ごした。

父の涙

そして十日後、父とかなり年の離れた妹であるトッコおばちゃんが、僕たちを迎えに来た。トッコおばちゃんは、おばちゃんといっても僕とは十歳ほどしか離れていない。当時はまだ十九歳で社会人一年目だった。

おばちゃんは、僕たち四人の手を引いて、大東市の住道駅まで連れて行ってくれた。

本当はいつもご飯を作ってくれていた祖母が来てくれる予定だったが、体調不良で病院に運ばれてそのまま入院することになったと、電車の中でトッコおばちゃんから聞かされた。おばあちゃんは、とうとう体力の限界が来てしまったのだろう。

トッコおばちゃんは改札口で待っていた父に僕たちを預け、そのまま足早に職場に戻って行った。やっと父に会えた安心感と嬉しさがこみ上げ、改札口を出入りする人目もはばからず、みんな揃って父に抱きついた。父はもう何日も同じ服を着ていたようで、全身がうす汚れていて汗と泥のにおいがした。いつもは七三に分けていた髪は、伸び放題のボサボサ頭になっていた。ついこの間まで「社長」と呼ばれていた父なのに、子どもの僕たちから見てもその姿はとても弱々しく見えた。父も人目をはばからず、子どもたちを精一杯の力で抱き締めてくれた。

目を真っ赤にし、堪える涙で鼻声になりながら、「すまんかった」と詫びながら、僕たちの名前を何度も繰り返して呼び続けた。


「パパ、ここって大阪？」

「そうや、大阪や」

目の前に広がっているのは、見慣れた日本橋の外れの町とはまったく違う景色だった。

駅前の踏み切り横の小屋にいる駅員さんが、手動で遮断機を上げ下げしている。駅から離れるにつれ、アスファルトの道がだんだん細くなり、やがて畦道になっていく。背の低い民家はあるが店舗はほとんど見かけない。田んぼ、墓地、空き地。これまでの殺風景な灰色の下町から、さらにもの悲しい寂しさを加えたような町にやって来た。

「これからは、ここに住むことになったからな」

父は古びた建物の前に立ち止まり、二階を指差し、寂しげな笑顔を浮かべた。

木造の文化住宅。その二階が高山家の新居。日本橋のだだっ広い部屋とは違って、小さな間取りで風呂はなく、トイレはあるが汲《く》み取り式。いわゆるぼっとん便所だ。便器の中には丸い弁がついていて、用を足すとその重みで弁が開き、落下するシステムになっている。

僕たちは初めて目にしたぼっとん便所に、少々どころかかなり戸惑った。だが、ここにいれば強面の大人たちももう来ないだろうし、なんせ父と暮らせるという事実が僕たちきょうだいの心を和ませた。どこから手に入れてきたのか、ぺったんこの敷き布団にやたらと重みのある掛け布団。そこにぎゅうぎゅう詰めになって眠る日々が続いた。

父は朝早くから夜遅くまで寝る間を惜しんで働いていた。日中はスピーカーのついたボロボロのトラックを走らせて、古新聞や古雑誌、段ボールなどを集めて回り、夜になると業者から月契約でレンタルしている石焼きイモを焼く機材が乗っているトラックに乗り換えて、石焼きイモを売りに回っていた。父の新たな仕事は廃品回収業と石焼きイモ屋の掛け持ちだった。父は僕たちが寝静まった頃に、ようやく仕事を終えて帰ってくる。

僕たちは、そんな生活でも、楽しむ努力を惜しまなかった。

朝ごはんの定番は、売れ残りの冷めた石焼きイモだ。毎日イモにかじりつくうちに、石焼きイモに塩を振りかけると甘みが増すし、砂糖を塗りたくって食べるとスイートポテトへと変化を遂げることに気がついた。マーガリンを塗ればこくが出るし、マヨネーズをかけるとグラタンに早変わりする。大発見の連続だ。

イモは口の中の水分を奪うので、ものすごく喉が渇く。普段は蛇口をひねって水道水をがぶ飲みし、喉の渇きを潤すのだが、ごくたまに、父が買ってきてくれたスプライトを胃に流し込むと、石焼きイモとスプライトとの化学反応で胃袋がパンパンに膨《ふく》れ上がって大満足だ。そんなふうにあれこれ試しながら石焼きイモを頬張る朝は、貧しいながらも、幸せな時間だった。

だが、学校へ向かう足取りは重かった。引っ越す前の小学校では制服だったが、新しく通い始めた小学校は私服での登校。だけど、私服なんてない。そんなものは日本橋の家で強面の大人たちがなぎ倒したタンスの中に眠っている。仕方がなく、僕たちはいつも同じ服を着て授業を受けた。

「お前の家って貧乏なん？」

「引っ越す前は金持ちやってんぞ〜」

自慢にならない自慢と言い訳にならない言い訳を、新しいクラスメイトの前でただただ大声で伝えるという、武器にもならない武器を振りかざすのが精一杯だった。

当時は豊かな暮らしをしている家庭なんてごく僅かで、一般的な家庭でもそれなりに切り詰めた生活をしていた時代だった。そんななかでも、数段貧しいに違いない我が家。教科書や鉛筆、ノートなど最低限の必需品は父が揃えてくれたが、体操服や上靴、細かなところでは三角定規や赤鉛筆などまでは、父も気がまわらなかった。それぐらい父は忙しすぎて、我が家は貧しすぎた。

転校先では肩身の狭い思いをすることばかりだったが、子どもたちはそれぞれが自分で処理する術《すべ》を身につけていった。

引っ越してすぐの頃、新しい友達が集まる駄菓子屋へお小遣いもないのによく行った。友達が食べていたベビースターラーメンを少し分けてもらったり、小さなカップに入ったヨーグルというクリームを一口もらったり。

でもそのたびに、どこか恥ずかしく心が重たくなった。ウルトラマンシリーズや仮面ライダーシリーズのカードを集めている友達が、だぶったカードを交換し合っては楽しげにしている。強烈に羨ましい。そのぶん、自分が惨めに感じるようになった。それからは駄菓子屋通いをやめた。

洋子姉ちゃん

高山家の家事全般は、長女である洋子姉ちゃんの肩にのしかかった。姉はまだ小学五年生だったのに。

放課後になると、クラブ活動を楽しみに浮き足立つクラスメイトを尻目に、姉だけは真っ直ぐ帰宅してママの代役を務めた。

水の量がわからずお粥《かゆ》になってしまったご飯や、火加減がわからず丸焦げ状態になった焼き魚。ぜんぜん火の通っていない根菜類。見よう見まねで家事をこなす洋子姉ちゃんが作ってくれたご飯を、呆れたことに僕たちはぶつぶつ文句を言いながら食べていた。

洋子姉ちゃんがどうしても夕飯の準備ができない日は、永谷園のお茶づけ海苔をみんなですすった。永谷園のお茶づけの中で「お茶づけ海苔」は同じ値段で二袋多く入っていた。ときどきおまけで「さけ茶づけ」や「お吸いもの」がついていることもあった。そのおまけを誰が食べるかはジャンケンで決めていたが、そのジャンケンに姉が参加したことは一度もなかった。

時折、姉は家族みんなの洗濯物をたたみながら、「ママ、ママ……」と声を押し殺すように肩を震わせながら涙を流すことがあった。そんな姉の姿を幾度となく目にしつつも、僕は寂しさと切なさから「僕らのママは洋子姉ちゃん」と勝手に決めつけて甘えていた。姉といっても、僕より二年ほど早く生まれてきただけなのに……。

引っ越して数カ月経ったある日、とある事件が起きた。月末に集めた給食費を担任の先生がひとまず教卓の引き出しにしまっていたら、盗まれたというのだ。放課後、クラスの全員に居残りが通告され、机に顔を伏せさせられた。

「正直に手をあげたら許す。盗んだもん誰や？　手をあげろ」

結局、挙手するものなどおらず、先生の説教が長々と続いた。日が暮れかけている帰り際の校門前でクラスメイトの一人が僕を指差した。

「犯人はお前やろ。貧乏やし、絶対お前に違いないわ」

他にも数人のクラスメイトが軽蔑に満ちた視線を僕に向けている。

「ボクとちゃうわ！　ボクがそんなことするか！」

いくら無実を訴えても、最初に声をかけてきた奴が僕を犯人だと一方的に決めつけてくる。

「どう考えてもお前しかおらんのじゃ。先生もお前やとわかってるはずや！」

あまりの怒りで身体が震えだし、全身の血液が一気に頭に上り、気づけばソイツに殴りかかっていた。

ソイツは鼻血を流して服を赤く染めた。僕はソイツをほったらかして帰宅したが、血相を変えた担任の先生が家まで飛んで来て、僕の首根っこを摑んで学校の職員室まで引き戻した。そこには鼻にちり紙をつめたソイツと、ソイツの母であろうおばさんが待っていた。

ソイツの母もまた血相を変えて詰め寄ってきて、僕の頭上には数多《あまた》の暴言が降り注いだ。悔しくて悔しくて、涙が止まらない。

担任の先生は、父に連絡を取るよう指示したが、我が家に電話なんてないし、あったとしても会社勤めではない父に連絡など取れない。結局、父の代わりに、夕飯の支度を中断した洋子姉ちゃんが、あとを追って職員室に現れた。まだ小学五年生の姉にも、ソイツの母親は容赦なく罵声を浴びせた。

「こんな家庭環境で育ってきた暴力振るう子と、来年度はクラス分けてください！」

眉間にシワを寄せながら、ソイツの母親は先生に訴えた。

「弟は泥棒なんかしてません。絶対にしません！」

洋子姉ちゃんは泣きわめきながら僕の無実を叫び続けてくれた。その姉に、さらなる言葉の暴力を突き刺してくる。僕たち姉弟の存在すら否定する心ない発言の数々に、またも身震いが止まらず、職員室の床は僕たちの涙で濡れた。

「泥棒したとかしてないは別にして、殴りかかったんは事実やから謝っとき」

担任の先生に促《うなが》され、僕と姉は渋々謝罪した。

「うちの子を血まみれにしといて、その程度の謝り方はちがうでしょ！」

僕と姉は半ば強制的に土下座させられ、望んでもいない許しを乞《こ》うた。

帰宅して、しゃくりあげている僕の頭を、姉は優しく撫でてくれた。

「ボク、ほんまに盗んでないんや」

「わかってるよ。ともやんがそんなことするわけないやん」

「悔しくてたまらんわ」

「そのうち犯人が誰かわかるって。あっ、そろそろカレーができるよ。ともやん、今日は特別にいっぱい食べてええからな」

「ありがとう……。洋子姉ちゃん」

「水入れすぎてスープみたいになったけどゴメンな」

料理が中断したので煮込みきれず、まだ固さの残るじゃがいもを嚙み砕きながら、姉の優しさと行き場のない憤《いきどお》りをぐっと飲み込んだ。

乾かないユニフォーム

小学校四年生に上がってすぐ、地元の少年野球チームに入れてもらえることになった。家族でお世話になっている坂本のオッチャンが勧めてくれたのだ。

父が無理して買ってくれたユニフォーム、もっと無理して買ってくれた軟式用グローブとバットとスパイク、そして無理に無理を重ねて買ってくれた僕専用の自転車。学校に通うよりも野球の練習に行くほうが断然楽しかった。

「野球が上手くなったら、みんなからバカにされへんようになる！」

それを心の支えにして野球にのめり込んだ。練習がない平日はバットを持って近くの空き地に向かい、黙々と素振りに明け暮れた。

頭の中でアナウンスする。

「ピッチャー第一球を振りかぶって投げた〜。打ったーー。高山選手、大きなホームランだーー！」

ここは空き地ではなく、父と一緒に何度も行った大阪球場。僕は南海ホークスで活躍するプロ野球選手だ。そんな妄想《もうそう》を膨らませて、何時間もバットを振り続けた。

少年野球チームに入ったことでいろんなことが好転した。どこか溝を感じていたクラスメイトとも次第に打ち解けることができた。

ちなみに半年ほど前の給食費を盗んだ犯人が見つかった。なんと最初に僕を犯人扱いしたアイツが真犯人だったのだ。

アイツには洋子姉ちゃんと同級の兄がいて、そいつに給食費を盗んでくるよう指示されていたらしい。兄の机の中に現金がたんまり入った封筒があったのを、あの母親が見つけて問いただしたところ、兄弟揃って白状したという噂がクラス中に広まった。

母親はみんなの給食費の入った封筒を学校に持ってきて平謝りし、大きな問題とはならなかったが、噂は学校中に広がって、アイツは学校に来なくなり、しばらくして転校したという報告を担任の先生から聞かされた。僕に向けられていた疑いも晴れ、クラスの仲間からも信頼を取り戻すことができたのだ。

人知れずコツコツと妄想まみれの素振りをしていた成果も実り、五年生のときにはレギュラーポジションを獲得できた。とにかく野球に明け暮れる毎日は楽しかった。

ただ困ることがあった。

夏休みや冬休みなどの期間はほぼ毎日野球があるので、一枚しか持っていないユニフォームが乾かない日もあった。連日ともなると姉に洗濯を頼むのも気兼ねする。僕は台所の流し台でユニフォームに水道水をぶっかけて、食器用洗剤をつけてもみ洗いした。よく流し終わったと思っても、食器用洗剤の泡はしぶとくて、泡は永遠に出てきやがる。泡のことは諦めた。

ユニフォームを力いっぱい手で絞り、針金でできたハンガーにかけて寝る。翌朝、袖を通したユニフォームは思いっきりしっとりと濡れている。夏場は灼熱の太陽のおかげで、自転車を漕ぎながらグラウンドに到着した頃にはほぼ乾いているが、冬場は濡れたユニフォームが風に当たると、さらに風が冷たく感じる。練習が始まる前に全身が冷えきってしまい、奥歯がガタガタして震えが止まらない。

「ママっ！　ママっっ！　ママっっっっっ！」

心の中で何度も叫び、僕たちを置いて出て行った母を恨んだ。

あこがれの味

トッコおばちゃんは僕たちを心配して、月に一度は住道まで来てくれた。父方の祖母は今も入退院を繰り返しているらしい。

トッコおばちゃんは高校を卒業すると百貨店で高級な化粧品を扱う仕事に就き、いつもお洒落《しゃれ》な服を着こなして、化粧のおかげで山口百恵ぐらい綺麗な顔をしていた。そのトッコおばちゃんが彼氏を連れて家に来るという。姉は溜まりに溜まっていた流し台の食器類を洗い、僕は珍しく率先して部屋の掃除をした。

「どんな彼氏なんやろう？」

「きっと三浦友和みたいな人やで」

勝手な想像を膨らませながら、おばちゃんとその彼氏の登場を待った。しかし玄関に現れたのは、三浦友和には似ても似つかない、毎週土曜日の吉本新喜劇に出ている間寛平ソックリのオジサンだった。

寛平は僕らを見るなり、「はい。これお土産。ちゃんとみんなで分けて食べや」と、ケンタッキーのパーティバーレルを差し出してくれた。

「ぬ、ぬおぉぉ。パ、パーティバーレルやーー！」

パーティバーレルの存在だけは知っていた。駅前にケンタッキーが出来たとき、野球の練習帰りに友達と自転車のペダルを必死に漕ぎまくって店の前まで行ってみたことがある。

「おいっ。一ピースって何や？」

「一個ってことちゃうかなあ」

「一個百八十円もするんか、高いのぉ。ほんでこのパーティバーレルて何や？」

「それはな、めっちゃいっぱいケンタッキーフライドチキンが入ってるやつや。金持ちがクリスマスとかに買うやつや」

「お前、もしかして食べたことあるんか？」

「ないけど、オカンが言うてた」

そのパーティバーレルが今、目の前で香ばしいにおいを振りまいている。僕たちは間寛平よりパーティバーレルに興味を示し、早速、それを抱えてお膳のある部屋に移動した。姉が掛け声に合わせてパーティバーレルを開く。

「せーのー、ジャーン！」

「おぉ！　これがアメリカの食べもんか。す、すげえっ！」

四人同時に手を伸ばし、フライドチキンにむしゃぶりついた。まだ七歳の弟は手に持ったものの「ホネいっぱいや。なんかコワイ」と、チキンを口に運ぶのを躊躇《ちゅうちょ》している。

「ほんだら置いときぃや。代わりに食べたるから」

「イヤや〜。食べれる！」

僕たちは無言で無心で、手のひらと口の回りをギトギトにしながら、無我夢中で口を動かした。

「どや、美味しいか？」

間寛平が様子を見に来たときは、すでにほとんどを平らげていた。顔の半分ぐらいまで油まみれにしている僕たちの姿を見たトッコおばちゃんは、恥ずかしそうな顔をした。

寛平はとっても優しくて、話も面白い。テレビで観ている本物の間寛平みたいだった。

「また今度来るときもケンタッキー持ってくるわな」

カッコいい車を運転して、トッコおばちゃんと共に走り去って行った。トッコおばちゃんの彼氏である間寛平は三浦友和よりもカッコよかった。

翌日、学校でケンタッキーフライドチキンを食べたことを自慢しまくった。僕の机の周りを二重三重と囲むようにクラスメイトが集まってくる。

「どんな味なん？　美味しいんか？」

「骨がいっぱいあるから食べるん難しいけど、まぁ美味しいといえば美味しいな」

「どう美味しいねん？」

「うーん、アメリカの味って感じやったわ」

「……」

その日だけ僕はクラス中で大スターだった。

数年後、トッコおばちゃんはまだ子どもの僕たち四人を結婚披露宴に招待してくれた。目の前に次々と運ばれてくる料理は、ケンタッキーフライドチキンぐらい美味しかった。ウェディングドレス姿のトッコおばちゃんはすごく綺麗で、タキシード姿の間寛平はやっぱり寛平にしか見えなかった。

披露宴のクライマックス。トッコおばちゃんが涙ながらに母親への手紙を読むと、この日のために一時退院して列席したおばあちゃんも娘の言葉に頬を濡らした。寛平も最後の挨拶をしながら目を潤ませていた。

僕も無性に泣けてきた。それまでは悲しいとか悔しいという気持ちで泣いたことは山のようにあったが、嬉しいという感情で涙を流したのはこの日が初めてだった。

「ボクのママも結婚式で手紙読んで感激の涙を流したんかなあ」

久しく顔を見ていない母親のことが思い出された。あかん、せっかくの嬉し涙が悲しい涙に変わってしまう。僕は無理やりに頭の中からママのことを追い出した。

まぼろしの思い出

普段はなるべく母親の記憶に蓋をしていたが、学校から帰って誰も家にいないときなど一人になると、ママのことを思い出したい気持ちが芽生えるようになっていた。

大人の身体ぐらいのサイズに布団を丸めて、それがママであるかのように学校での出来事や少年野球チームについて話しかける。ときには布団にしがみついて顔を埋め、泣き声をこもらせながら涙をすりつけることもあった。また、きょうだいが寝静まった深夜にふと目が覚めると、天井を眺めながらママの姿を思い出し、夢の中にママが登場するよう願ってから眠りについた。

願いが通じたのか、ママはよく夢の中に姿を現してくれた。でもそれは、決まって大好きだった母親が出ていったあの日の光景ばかりだった。激しい痛みを伴うその記憶は、嫌になるほど鮮明によみがえり、夢の中で僕を苦しめた。

少年野球の遠征試合で、大阪市内に行ったときのことだ。

チームメイトの母親が運転する車に便乗させてもらうことになった。後部座席からは、助手席の同級生が母親と楽しげに会話している姿が目に入る。あまりにも羨ましくて胸が痛んで、眠くもないのに寝ているふりをし続けていた。

「ヨコ見てごらん」

「うわっ、通天閣やん！」

その会話が耳に届くと、無理に閉じていたまぶたを開いて通天閣さんを車窓から見上げた。日本橋に住んでいた家のベランダからママと一緒に眺めていた通天閣さんは、その頃よりほんの少し艶やかになっていた。僕が小学生の高学年になったぐらいに、通天閣さんの頭部の電飾の色によって、天気が知らされるというニュースが、テレビで繰り返し放送されていた。

通天閣さんは大東市住道に引っ越した今でも、僕を見てくれているのかな。僕の心情を察してくれているのかな。住道の文化住宅からは当然見えないし、果たしてどの方角に建っているのかさえもわからない。でも通天閣さんは天に通じる高い建物なので僕の姿は見えているよね？　窓の向こうに見えなくなるまで、僕の目はずっとずっと通天閣さんを追いかけた。

その日の夜、またママが夢に現れた。それはあの悲しい別れの場面ではなく、日本橋の家のベランダから通天閣さんを二人で眺めている、ほんわりとした真綿に包まれているような夢だった。僕は泣いていない。ママも笑っている。

「ともくん、通天閣さんのオデコの色が白色のときは晴れで、橙色《だいだい》のときは曇りで、青色のときは雨やねんで」

ママは優しく教えてくれた。

僕の身体は今よりも小さい。言葉も幾分か舌足らずの、あの頃のままの僕。夢なのに、ママに握られた手のひらから、ママの温もりが伝わってくる。

「通天閣さんがみんなに教えてくれてるねん」

「なんでおしえてくれるん？」

「みんなが困らへんようにやで」

「なんでみんながこまるん？」

すでに夢の中だと気づいているけれど、僕は「なんでなんで攻撃」をしてママを困らせ、夢の中のママに甘えて、朝を迎えるまでその幸せに浸った。

大人になった今でも通天閣さんを見かけると、何気に上部の電飾の色で天気を確認している。そして、ベランダで洗濯物を干しながら僕と会話しているママの姿を思い出す。ママに教えてもらった幻の思い出を、現実の思い出とすり替えている自分が、今もいる。

かなしい嘘

高山家の子どもたちは、苦しいながらも大きな病気も怪我もせず育っていった。僕はそろそろ思春期を迎えようとしていた。

それまでも長女である洋子姉ちゃんに小言を言われることはあったが、一度だけものすごい剣幕で怒られたことがある。あんなにキレられたのは初めての経験だ。当時の姉は父に買ってもらった教材の「五ツ木のセレット」を、奥の部屋のお膳に山積みにして毎晩勉強していたから、高校受験を控えている中学三年生の、秋も深まった頃だったと思う。

ある日、誰もいない家で僕がのんびりしていたら、姉の同級生が三人で訪ねてきた。

「高山さん居てる？」

「いいえ、まだ洋子姉ちゃんは帰ってませんけど」

「あのね。ちょっとトイレ貸してほしいねんけど」

トイレを貸すぐらいお安いご用。姉の同級生を室内に招き入れた。順番にトイレを済ませた三人は、なぜかニヤニヤしながら帰って行った。

そして翌日、姉は学校から帰ってくるなり怒りを爆発させた。

「何でトイレ貸したんや‼」

どうやら姉は、「高山さん家のトイレ、ぼっとん便所やん」とクラス中に広められて、みんなにからかわれ、ずいぶん恥ずかしい思いをしたそうだ。僕はそんな姉の気持ちが理解できず、「俺は正しい」と最後まで言い張った。中三の姉も、中一の僕もまだまだ子どもだったのかもしれない。

僕は友達から家族について聞かれるたびに嘘をついた。小学生の頃はそこまで頭が回らなかったが、思春期を迎える年齢になるにつれてたくさんの嘘をつくようになった。

「大阪の日本橋っていう都会に、ほんまの家あんねん」

「オカンは仕事忙しいから、そこに住んでんねん」

「日本橋で喫茶店と麻雀店も経営してるから、ぜんぜん住道には帰って来られへん」

「実はオヤジもほんまはそこのマスターやねん」

「今度一緒に行くか？」

「近くにできたステーキハウス予約してもらっといたるわ」

そんな薄っぺらい嘘に嘘を重ねてもすぐにバレる。

弁当のおかずが赤ウインナーだけだったり、もやし炒めだけだったりするのに。中学ではボーイズリーグという団体に属する本格的な硬式野球チームに入ったが、仲間たちは母親に持たされたスポーツドリンクや蜂蜜をかけて凍らせた輪切りのレモンや、ときには旅行のお土産を振る舞ったりしていた。そして、いつも僕はそれらをもらうばかりだった。

日曜日にはチームメイトのお父さんがアディダスのジャージを着て颯爽《さっそう》と現れた。それに続いて、「毎度おなじみちり紙交換です～」のアナウンスを流しながらドロドロの作業着で現れるのは、仕事途中の僕の父だった。

「いつもほんまにありがとうございます」

手ぶらの父は、ただただ、深々と頭を垂れるばかりだった。

友達は僕のバレバレの嘘のすべてを信じているふりをしてくれていた。姉のクラスメイトよりも大人だった。それぞれの家庭環境や境遇は違えども、学校で受ける授業内容や野球チームでの練習内容はみんな同じだ。それなのに精神的な面でこんなに大差が生まれてしまうのは一体なぜなんだろう。みんなの家にはいる「母」が僕にはいないからなのか。

ママの不在は、いつまでも僕を悶々とさせた。

第二章

葛藤と、夢

彼女

中二になってすぐの頃、初めての彼女ができた。隣のクラスの子だ。

「野球の練習がない日はいつ?」と、いつも彼女のほうから積極的にデートに誘ってくれた。制服でなければジャージかユニフォームという生活の僕だったが、デートの日は、ヤンキーになった先輩からもらったボンタンで、目一杯オシャレなふりをしていきがった。

僕が自転車のペダルを蹴り、彼女は後方から僕の腰に腕を巻きつけてくる。これが最高にドキドキしてたまらない。だからデートのたびに自転車を二人乗りして意味なく遠出していた。

その頃は、我が家の経済状況も少しばかりマシになり、石焼きイモの朝ごはんが、近所に新しくできたベーカリーショップ「ルーブル」の「焼きたてふわふわ食パン」になる日もあった。飲み物も水道水ではなくコーヒー牛乳に変わった。そして、父から一カ月分の小遣いをまとめてもらえるようになっていた。

「俺なぁ、ドムドムの中でもここのハンバーガーが一番うまいと思うねん」

住道駅に隣接するイズミヤにもドムドムバーガーは入っていた。けれども立ち漕ぎで懸命にペダルを踏み続けても三十分近く掛かる距離のドムドムバーガーに行ったのは、僕の腰に回した彼女の腕の感触を少しでも長く感じていたいから。ただそれだけでゆっくりゆっくり自転車を走らせる。最高の気分だった。

住道駅からひと駅の野崎観音も、僕たちのデートの定番の場所だ。野崎駅前に自転車を停めて彼女と一緒に歩く。「野崎観音」の大きな看板の先からは坂道になっている。

「大丈夫？　しんどない？」

坂道で彼女の手を引く。心臓はばくばくしていたけど、平静を装う。縁日には、坂道の両サイドにリンゴ飴や綿菓子、たこ焼きやベビーカステラなどの店が並ぶ。

「食べたいもんあったら何でも言えよ」

カッコつけて大人を演出する子どもの僕。小銭のお賽銭まで奢って、彼女と並んで手を合わせる。

「家が金持ちになって、もっとお小遣いもらえますよーに」

自転車の後ろに乗せていろんなところに連れ立って行った彼女だが、ぼっとん便所のある自宅に連れてくることだけは、一度もなかった。

おばあちゃんの目

中学三年生の冬、姉が使っていた教材の「五ツ木のセレット」を、今度は僕が奥の部屋のお膳に山積みにして、受験勉強に励んでいた。玄関先で声がする。誰か来たようできょうだいが騒いでいる。妹が僕のところにやって来て叫んだ。

「寺田町のおばあちゃん、来た！」

小学六年生の弟が、母方の祖母をおぶって文化住宅の階段を上がってきた。僕も玄関先で迎える。あんなことがあって母との縁が切れてからは、もう何年も顔を合わせていなかったおばあちゃんだ。乳母車で身体を支えなければ歩けない祖母は、あの頃よりもさらに腰が曲がって年老いていた。字の読み書きができないおばあちゃんは、電車にも乗れないはずだ。どうやってここまで来たのだろう。そもそもなぜこの家の場所がわかったのだろう。

おばあちゃんはいきなりママの行方を僕たちに尋ねてきた。僕たちにもわからない。

「おばあちゃんとこに帰ってないん？」

ママが離婚後、実家にも帰らずにいたことを知り、驚いた。どうやって生活しているのだろう。もしかしたら死んでしまったのではないのか。野垂れ死に、行方不明……と僕は縁起でもない想像ばかりして、心臓は鼓動の速度を上げた。

「あの子、どこに行ったんやろか？　生きとるんやろか？」

おばあちゃんも涙をポロポロと流している。

祖母は左目がほとんど見えていない。若い頃に目の病を患ったが、金銭面の問題があり手術もせず放置することになったそうだ。僕たちが物心ついた頃には、おばあちゃんの左目の眼球は少し濁った色をしていた。その目から透明の涙があふれて止まらない。

僕たちの前で頭を垂れるおばあちゃんも、父方の祖母とよく似た苦労の多い人生を辿《たど》ってきた。末娘のママを産んで数年後、夫は肺炎で先立った。日本橋に住んでいた部屋の壁に遺影がかかっていたので、父方の祖父は辛うじて顔だけはわかるが、母方の祖父については写真ですら見たことがない。

「あんたらのおじいちゃんは、すごい男前やったんやで」

祖母は自分の子どもの頃の話もしてくれた。家が貧しく学校には行きたくても行けず、卵を売り歩く仕事をしていたそうだ。大量の卵を箱に詰め、それを担いで町中を売り歩く。

「卵、いらんかい～。卵、いらんかい～」

最初は声を張るのが恥ずかしかったが、そんな甘えたことは言っていられないほどの極貧生活。いつしか声を張り上げて町をまわれるようになっていたそうだ。

「金持ちが住んでる家のお勝手口に持っていったら、よう売れるんよ。たまにハイカラなお菓子も持たせてくれて、うれしいて、うれしいて気持ちのぼせとったら転げてしもて、売り物の卵割ってしもてなあ……」

卵は買い取りなので、割れたら何日分もタダ働きになってしまう。

「泣きながら家に帰って来て怒られる思たら、お母さんが、怪我のほうを気にしてくれて、見たら足が真っ赤やった。手ぬぐいで血ぃ拭いてくれてなぁ、優しいお母さんやったなぁ」

誰に言うともなく語られる祖母の口調には、当時の苦労がはっきりと滲《にじ》んでいた。

「それでも奉公いくよりましや。親きょうだいと暮らせるんやから。ご飯食べられへんかっても、辛いとか考えた事もない。みーんな子どもの頃から親の手伝いやらしよるから」

若くして夫に先立たれてからは、女手一つで五人の子どもを養った。戦後の闇市で、あるときは魚、あるときは野菜を担いで警察やヤクザとも渡り合いながら商売をした。世の中が落ち着いてからは、カタカナしか読み書きできないなりに、町工場での流れ作業で何十年も同じ作業の繰り返しをして、身を粉にして働き尽くした。左の視力がどんどん低下しても子どもにはできる限りの愛情を注いで育てた。四女のママは中学校を卒業後、おばあちゃんが働く町工場で一緒に働いていたそうだ。

ようやく子育てがひと段落して、たくさんの孫にも恵まれた。近所のばあちゃん仲間とお茶を啜りながら世間話をしたりするようなのんびりした老後を過ごす。そんな穏やかな日々も束の間だった。

商売に成功して、羽振りのよい生活をしていると自慢していた末娘がこんなことになっていたなんて……。

おそらく両家の親戚一同で話し合ったのだと思う。おばあちゃんは幾度となく頭を下げただろうし、娘の尻ぬぐいに貯金もすべて使い果たしたかもしれない。僕たちが家を失ったように、祖母も住んでいた家を手放したか、息子か娘の家に同居していたのかもしれない。何もかもがわからない。ただ、祖母が一度も僕たちに「こっちに来るか」とは口にしなかったことから、僕はそう推測していた。

ママには四人もきょうだいがいるのに、僕が大人になった今もなお、誰一人連絡できない状況から察するに、母の借金の肩代わりをしていたのは父方の身内だけではなかったのだろう。

子どもの僕がまったく知らない事情が、本当にたくさんあったと思う。それでも娘と孫が心配で、いてもたってもいられなかったのだろう。

おばあちゃんは一時間も経たないうちに腰を上げた。文化住宅の階段の手すりを両手で握って身体を支え、ゆっくりと下りていくおばあちゃん。姉と妹が見かねて祖母の両脇を支えた。弟は乳母車を担いで下りていった。その後ろから僕はポケットに手を突っ込んで階段の下までついていった。

「切符の買い方もわからんやろうから、みんなで駅まで送ったり」

きょうだいに指示を出し、僕はポケットに手を突っ込んだまま階段を上がって受験勉強に戻った。冷たいヤツだ。ホントにそう思う。祖母を嫌ったり憎んだりしているわけでもなんでもない。何年かぶりに会えて嬉しかったというのが本心だ。でもなぜか自分の感情と素直に向き合えない。反抗的な態度をとりたいなんて思っていないのに小生意気にしてしまう。

その晩、受験勉強はまったくはかどらなかった。

河もっちゃん

一九七〇年代後半から八〇年代にかけては、いわゆる「ヤンキーブーム」という社会現象が起きており、テレビでもしょっちゅう校内暴力や集団リンチなどのニュースが流れていた。僕の通う中学校にも先生を殴ったり、深夜に学校に侵入して窓ガラスを割ったりする不良たちが存在した。

僕はボーイズリーグの本格的な野球チームに所属していたので、幸運なことに校外では不良たちとの縁がほとんどなかった。そんなヤンキーよりも、所属していた野球チームの監督のほうがよっぽど怖かったのだ。少しでもミスをすればすぐさま鉄拳が飛んでくる。今の時代ならば大問題になっているだろうが、その頃はスパルタ教育が当たり前で、その指導方法にクレームをつける親も皆無だった。

練習中は自分の感情を押し殺して監督の熱血指導を全身で受け止め、中学生ながら野球という球技に真っ向から向き合い、家では「五ツ木のセレット」を相手にコツコツと受験勉強をするという日々だった。

高校受験の合格発表の日、珍しく父が仕事を休んでついてきてくれた。

「あった、あった！　番号あったで！」

その場で歓喜して思わず父に抱きついた。

「知浩、良かったなぁ！」

父は僕よりもはるかに強いフルパワーで僕を抱きしめた。中学生になったあたりから、父に甘えるのは何か照れくさくなって、自分から距離をおいていたが、この瞬間は気まずいとか照れくさいとかはどこかへ消えて、父子は素直に喜びを分かち合っていた。耳に届いたかどうかわからないけど、僕はものすごく小さな声で「パパ、ありがとう」と囁いた。


大きなスポーツバッグを抱えて、早朝の電車に飛び乗り京橋駅へと向かう。京橋駅の駐輪場で自転車に乗り換えて、毛馬橋辺りの淀川河川敷を目指す。僕は川のほとりに建つ高校の体育科に入学した。野球部員も、ものすごく多い。一年生だけでも百人以上が在籍している。ここには不良など一人もいないが、不良よりも怖そうな体育会系特有の先輩だらけだった。

毎朝七時半、グラウンド整備が始まる。トンボと呼ばれるT字型の道具を使い、グラウンドを隅々までゴリゴリとならして土を軟らかくしていくのが一年生の仕事だ。単純作業だが、これがなかなかキツい。グチりながらトンボを走らせていると、「何ぺちゃくちゃしゃべっとんのじゃいっ！サボるな〜！」という声がバックネット裏からグラウンドに響き渡る。

その男は河本栄得。僕たちと同じ新一年生だ。大腿骨を骨折していたためグラウンド整備には参加できないので見学をしている。それが日に日に、見学から監視に変化していった。僕はその松葉杖男のことを「河もっちゃん」と呼んでいた。河もっちゃんは僕を「タカ」と呼んだ。

「河もっちゃん、何でそんな偉そうやねん」

「お前らがサボるからじゃ」

「何様やねん、フツーに見学しとけや！」

「そやかて、声でも張り上げとかんと身体が冷えるしの〜」

汗だくの僕の前で、パイプ椅子にふんぞり返っている河もっちゃん。

「ギプス取れたら、タカ以上にトンボ走らせるやんけ。さぁ、とっととグラウンド整備に戻れや！」

ムカつく。なのに、なぜか憎めない奴だった。

入部してしばらくの間は、グラウンド横にある緩やかではあるが長い長い坂道を何本もダッシュさせられる。坂の頂上からは淀川が見渡せる。淀川の流れはけっこう速い。毎日毎日、坂ダッシュを繰り返し、終わる頃にはすっかり陽が暮れてしまって、淀川の流れが速いのかどうかも確認することすらできない。一年生部員は日を追うごとに少なくなっていった。僕も何度も挫折しそうになったが、来る日も来る日もその長い長い坂道と戦った。河もっちゃんはまだ松葉杖生活のため坂ダッシュは免除されている。

「おい、こら！　気ぃ抜くな！　頂上まで走りきれ〜っ」

またもパイプ椅子にふんぞり返り、まるで一年生を指導する上級生のようだ。正直、「憎めない」

から「憎める」奴に変わっていったが……。

もう一つ、野球部には伝統があった。一年生部員は練習中に水を飲んではいけないというルールだ。しかし耐えられるものではない。命の危険すら感じた。我々一年生は先輩の目を盗んではトイレに駆け込み、蛇口をひねって水分補給をしていた。僕がトイレに行くときは河もっちゃんも必ずついてきていた。ときには河もっちゃんからも誘われる。

「タカ、トイレ休憩しよけ」

「さっき行ったばっかりやん」

「喉が渇いてたまらんのや」

「河もっちゃん、坂ダッシュしてるの見てるだけやんけ」

誘われるがままに松葉杖を両脇に挟んでいる河もっちゃんとトイレに向かう。そこは野球部の先輩たちが絶対に来ないであろう、グラウンドから一番遠い校舎の三階にあるトイレだ。どきどきしながらも水道水を思いっきり体内に吸収させる。一年生部員が水を飲んでいるのが先輩に見つかると、連帯責任として練習後も一年生全員が残されて、坂ダッシュの続編がスタートする決まりがあったのだ。

しかしある日、絶対来ないはずの三階のトイレに先輩が入ってきた。

「お前ら、何回トイレ行くんじゃい！」

たびたびトイレに向かう僕たちを怪しんで、こっそりついてきていたのだ。練習後、一年生全員で罰則の坂ダッシュが繰り返された。同級生部員たちの冷たい視線が各方面から突き刺さる。キツい。目を伏せる。

「おーい！　もっと腕を振って走れ〜！　ほんだら自然と脚は前に出るぞ〜！」

坂の下から響いてくるのは見学だけの河もっちゃんの声。僕は仲間から向けられるのと同じ冷たい視線を、河もっちゃんにだけはぶつけた。

雨の日は嬉しかった。グラウンド整備も、長い長い坂道ダッシュもしなくていい。代わりに短めの練習後、先輩たちが一年生を汗臭い部室に集め、芸大会が開催される。

「何か芸できるヤツおるか？」

この日のために、僕と河もっちゃんは練習前の野球部一年生専用の大部屋で努力を重ねていた。野球の技術向上とはまったく関係のない、監督やコーチの口癖や、先輩たちの打撃フォームのモノマネだ。

「おい、タカ、三振とって自慢げな顔する三野先輩のモノマネ見てくれや」

かなり盛ったピッチングフォームやドヤ顔。笑い転げる僕。

「俺のモノマネも見てくれや。牽制球に引っ掛かってアウトになってベンチに戻ってくる橋田先輩！」

「いや、そこまで内股走りとちゃうやろ！　やり過ぎじゃ！」

爆笑しながらも、河もっちゃんはツッコミを入れてくる。続いては河もっちゃんが披露する。

「ノックの最後に見事なキャッチャーフライを打ち上げて、自慢げにノックバットを置く岡田先生のマネ！」

「河もっちゃん、確かに似てるけど、ドヤ顔系多いな！」

続いては僕の番だ。

「デッドボール当たって痛そうに一塁に向かう五反田先輩！」

「タカ、お前は走る系のマネばっかりやんけ！」

そうやっていつの間にか二人は、すごく仲良しになった。


夏を迎えて、ようやく一年生部員もグラウンドでの練習に参加できるようになった。とはいえ、外野のフェンス沿いに並び、球拾いをするだけの退屈な日々に変わっただけである。高校の入学祝いで父に買ってもらったグローブをはめるのも、初めてではなかろうか。中学生の頃から使っていたスパイクは、履けば両足の親指と小指辺りが痛くなる。だが、さすがにスパイクまで父にねだるのは気が引けた。いつかAチームに入れたら……。それまでは我慢だ。

夏の大阪予選大会の少し前に、一年生も一度だけ実力を見てもらえるチャンスが与えられた。ネット裏で監督とコーチが見つめるなか、一人ずつ打席に入った。バッティングマシーンから勢いよく飛び出してくる速球。

「は、速い。メチャクチャ速い」

バットを強く振っても、ボールのスピードに負ける。僕や河もっちゃんに限らず、ほぼ全員が不合格。甲子園を目指す高校の野球はすごい。レベルがぜんぜん違う。中学までは監督に怒られながらやらされる野球。しかし高校からは自発的に努力しなければ勝ち上がれない野球なのだ。もっと努力をしなければ、とわかってはいるものの、なかなか本腰を入れることができないまま一日一日があっという間に過ぎていった。

腹ぺこで帰宅するといつも真っ先に食卓に座った。うちでは夏でも冬でも、ほぼ毎日鍋だった。食材を切ってさえおけば、あとはそれぞれが鍋の中に具材を放り込めばいい。姉は工夫して自分の時間を作っていた。

毎朝、父から弁当代の五百円をもらう。駅前のパン屋で六枚切りの食パンを二つ購入し、余った小銭をポケットに放り込んで駅の階段をかけ上がる。食パンはおかずパンより安くて量があるので強い味方だ。

野球部一年生は学校内にある食堂には出入り禁止。これも野球部の伝統だ。他の部活のクラスメイトに頼んで紙パックのジュースを買ってきてもらい、休み時間になると物の多いスポーツバッグの中でぺったんこにへこんだ食パンを出してかじった。なんだかんだと工夫して、どうにかこうにか毎日を生き延びていた。

喫茶オリーブ

二年生になると、グラウンド整備と食パン生活とはお別れだ。校舎二階の教室からグラウンドを眺めると、一年生の新入部員がトンボを使ってゴリゴリと土をならしている。つい最近までの僕たちの姿だと思うと感慨深い。

校舎の階段を悠々と下り、胸を張って学生食堂に入る。

「おばちゃん、カレーうどんとカレーライスとカレーコロッケください！」

「タカ、カレーばっかりやんけ。お前の味覚、ベタやのぉ」

いつも連れ立って行動している河もっちゃんからのツッコミが入る。

「おばちゃん、俺は肉うどんと親子丼とビーフコロッケちょーだい」

「河もっちゃんは牛肉ばっかりやんけ！」

「アホか、親子丼は鶏肉じゃ。ビンボー人は牛と鶏の違いもわからんのけ」

「いちいち、細かい指摘すな。お前もビンボー育ちやんけ！」

向かい合わせで座り、何がおかしいのかげらげら笑い合いながら注文した料理にがっついた。こんなに注文したのに、五百円で少しばかりお釣りがくる。学食はとにかく安いので毎日お腹をいっぱいにできる。なんて幸せなんだろう。

その頃、我が家にも変化が起こった。文化住宅の二階で家族五人が息苦しく暮らしていたが、真下の一階も新たに借りて、高山家が二倍の広さになったのだ。ぼっとん便所は相変わらずだが、一階には風呂があるのがすこぶる嬉しい。銭湯に行く時間がないときに、台所の流し台で身体を洗うこともなくなった。

また、父はカウンターだけの居酒屋を始めて、廃品回収業と石焼きイモ屋の仕事とはサヨナラした。これまでもずっとお世話になっていた父の友人の坂本のオッチャンが、所有する土地を借してくれたのだ。

それからは、野球部の練習を終えると、父が営む居酒屋に立ち寄り、ホロ酔い客に挟まれながら夕食を摂るのが習慣になった。ただ、洋子姉ちゃんは内定していた就職先を断って、父とともに居酒屋の看板娘として働くことになった。洋子姉ちゃんはまたしても、高山家の犠牲にならざるを得なかったのだ。

盆も正月もない野球部の練習だが、中間・期末テストがある一週間前からは、学校の決まりですべての部活動が休止となる。僕たち野球部二年生の何人かは、まったく試験勉強などせずその時間を利用して学校から少し離れた「喫茶オリーブ」に集合し、バカ話とカラオケに熱中した。コーラ一杯で何時間も居座る野球部員。僕たちの秘密の隠れ家だ。

もちろん河もっちゃんもそのメンツに含まれていた。彼はいつも一番奥のインベーダーゲーム機の前にどすんと腰を下ろす。

「まずは甲斐バンドのヒーロー歌うわ！」

河もっちゃんはいつもこの曲で先陣をきる。ただ面倒なことに、黙って聴かないと機嫌が悪くなるので、僕たちは真剣な眼差しでカラオケ画面を見つめて聴きほれているふりをしなければならない。誰かが盛り上げようと手拍子をすると、「手拍子いらん、ジャマなる」と、歌の隙間に超早口で注意をしやがる。なのに僕らが歌っているときは騒ぎ倒しやがる。本当にめんどくさすぎる奴だが、それがまた楽しくてたまらなかった。

僕はいつも河もっちゃんと対峙して座る。それがいつしか二人の特等席になっていた。飲み干したコーラに水を足した薄い味のコーラで渇いた喉を潤しながら、何曲も熱唱した。最後は決まって河もっちゃんによる舘ひろしの「泣かないで」で締めくくる。もちろん騒ぐと機嫌がえげつなく悪くなるので、みんなで必死に聴きほれたふりをした。

テスト期間が終わっても、喫茶オリーブには足しげく通った。帰宅時間はさらに遅くなり、ホロ酔い客どころか呂律《ろれつ》の回らない泥酔《でいすい》客に挟まれながらの夕食になることも多かった。

父から毎朝もらう五百円の弁当代だけでは、オリーブのコーラ代を捻出するのは困難だったので、毎月のお小遣いで補っていたが、月末まではさすがにやりくりできない。僕は父からもらう毎月の定期代を喫茶オリーブのコーラ代に充てるようになった。そのため自宅から高校まで片道一時間半ほどかけて自転車を走らせる日が続くこともあった。

走り続ける父

野球にカラオケにと、僕なりの青春を謳歌《おうか》していたある日、父が高校まで僕を迎えに来た。

廃品回収業に使用していたときのトラックは、今は我が家のマイカーになっていた。荷台に積んだ自転車を京橋駅の駐輪場まで運んだあと、自宅へとトラックを走らせながら運転席の父が言う。

「住道戻ったら、寿司食べに行こか」

「え、ほんまに？　でもお店はどうするん？」

「毎週火曜日は定休日やがな」

曜日さえおぼろげなその日暮らしのバカ高校生は、寿司屋の椅子に腰掛けると、壁に貼られている品書きを片っ端から平らげていった。父との外食といえば、近所の食堂か駅前のラーメン屋やお好み焼き屋。そんな庶民的な店ばかりだったのに。にぎり寿司ってこんなに美味しいのか……。舌に広がる贅沢《ぜいたく》な味に感激しつつ、なによりもあれほどのどん底から這《は》い上がった父に感動していた。

寿司にがっつく僕をにこにこ眺めているのは、会社勤めのスーツ姿でもなければ、ポロシャツにスラックス姿といった休日のお父さんスタイルでもない、昔から変わらぬいつもの作業着姿の父。自分で一から立ち上げて、それなりに軌道に乗せていた町工場を、ある日突然手離さなければならなくなり、一文無しどころか借金まで抱えて、幼いきょうだい四人を懸命に育てた父。

僕が父と同じ境遇になったとしたら？　父のように見栄を捨て、プライドを捨て、欲を捨て、ただただ家族のために懸命に働くことができるだろうか。

　小学生の頃、夏休みに父の廃品回収の仕事についていったことがある。住宅街をゆっくりゆっくりトラックを走らせながら、「毎度おなじみちり紙交換でございます。古新聞、古雑誌、ぼろ切れ〜」と小さなマイクでアナウンスを繰り返し、声が掛かれば飛び降りて素早く作業に入る。

　あからさまに蔑《さげす》んだような顔つきで、汗まみれの父と言葉を交わす人も少なくなかった。古新聞と交換に受け取るちり紙を、父の手に触れないように受け取る人たち。それでも父は丁寧に頭を下げて礼を告げ、首に巻いているタオルで滴《したた》り落ちる汗を拭いながらトラックの運転席に戻る。

「知浩が手伝ってくれてるから、今日は特別にカラアゲ弁当買うてきたるわな」

　昼時になると日陰にトラックを停めて親子で荷台に上がった。紐で縛った古新聞の塊をイス代わりにして、僕はカラアゲを頬張り、父は菓子パンにかじりつき、二人とも牛乳で胃袋へと流し込んだ。

　昼休憩に最近できたばかりの洒落た喫茶店へと向かうスーツ姿の会社員の人たちが、僕たちにチラチラと目をやり、バカにしたようなニヤケ顔でヒソヒソと話していた。

　僕と同じ少年野球チームに属する友達のお父さんがたまたまそばを通った。

「暑いでんなぁ。おたくみたいな肉体労働はほんま大変でっしゃろ」

　町工場に勤める友達のお父さんも作業着姿ではあるが、「同じ労働者でもあなたとは違う」という態度と会話を残して、食堂ののれんをくぐって消えていく。

「知浩、誰よりも野球うまなってくれよ」

悔しさを飲み込み、僕に大きな希望を抱き、飲み干した牛乳パックを力一杯握り潰した父。

僕にとってはたった一日の小さな体験だったが、父にはそれが毎日なのだ。冷ややかな目で見られようが、小バカにした言葉を投げつけられようが、情けない思いに駆られようが、汗水流して働き続ける。自身の社会的立場に日々もがき苦しみ、感情がぐちゃぐちゃになっても頑張り続けていた。

暑くて寝苦しいある夜のこと、僕が夜中に尿意で目を覚まして、眠い目を擦りながらぼっとん便所へと向かうと、薄暗い台所のテーブル前に座っていた父が肩を震わせて泣いていた。

「何や、知浩、起きてたんか？」

「違う。オシッコで目ぇ覚めてん」

涙でうわずってしまいそうな声を押しとどめて、慌てて鼻をかんだ父。

父はこれからもずっとずっと僕たちきょうだいを社会人へと導くために走り続けてくれるのだ。思春期真っ只中の僕は、恥ずかしくて面と向かっては一度も言えなかったけど、父は誰よりもカッコいい。心から、そう思っていた。

父は寿司をつままずに、瓶ビールをグラスに注ぎながら、ちらりと僕を見て口を開いた。

「高校どうや。野球は手応えありそうか？」

「うん。夏の大会終わったら三年生が引退するから、そこからが勝負や」

これまでも先輩に混じってAチーム入りした同級生は何人かいた。僕もその一人だった。だが試合用ユニフォームを着ただけで大した活躍をすることもなく、まだ大会前に背番号はもらえずにいた。

「ほんまに大丈夫か。みんな上手くなってきてるんとちゃうんか？」

正直に言うと父の心配は図星だった。「頑張っている」と思うようにしていただけで、本気で野球と向き合っていないのが本音。熱い気持ちで朝練に励んだ時期もあったが、結局のところ熱が冷めてしまっていた。

「大阪を制して甲子園に行きたい！」

言葉では容易《たやす》く言ってみるが、そう語っている場所は喫茶オリーブという始末。他の強豪校の選手は寸暇《すんか》を惜しんでバットを振っている。練習試合で対戦すると、筋力や技術の違いでそのことがひしひしと感じ取れた。トップギアに入っている状態を常にキープし続けているか、トップギアに入っているふりをし続けているかの違いは、一年後には大差となり、結果として表れるだろう。そんな僕の心の中を、父は気づいていたのかもしれない。

「大阪は強いチーム多いぞ」

「僕らも体育科で鍛えられてるから、負けてないと思うで」

自らの努力とは裏腹の言葉を父に返し、自らをも慰めた。

「甲子園行くんは難しいやろうけど、せめてレギュラーポジションは取ってほしいなぁ」

「まかせといて。絶対に一桁の背番号もらうから」

にぎり寿司ですでに胃は飽和状態だったが、がむしゃらになりきれていない自分を見透かされないよう、さらにガツガツと食べ続けて、父がそれ以上野球を話題にすることを止めた。

でもそうだ、そうなんだ。僕だって客席がスタンドになった黒土の大きな球場でプレーしたい。後輩たちや父兄の人たちからの声援を背に受けたい。大歓声を全身に浴びたい。そのためには本気の努力をして、必ずレギュラーポジションを獲得しなくてはいけない。

僕のなかで何かが変わった。心が覚醒した。父からの誘いはただ単なる親子の食事会ではなく、大きな意味をもたらす意識改革会議となった。

「実はな、この店に連れてきたん、きょうだいの中で知浩が一番最後になってもうたんや。洋子も美保も公孝《まさたか》もこっそり連れてきてるんや」

父は時間を見つけては、この寿司屋にきょうだいを一人ずつ連れてきていたそうだ。

「今日、贅沢したこと、みんなには内緒やぞ」

おそらく一人ひとりに同じことを囁いたのだろう。父と二人だけの秘密を、父はきょうだい全員に与えていた。にぎり寿司を頬張りながらみんなも意識改革をしたに違いない。

「美味しいか？」

父の笑った口もとから白い歯がこぼれた。

翌朝から、僕は本気の自主練習を始めた。集中力を高めてひたすらにバットを振り続け、また放課後の練習でも、バッティングでつぶれた手のひらの血マメの上にさらに血マメを作って、手のひらが足の裏の皮膚ぐらいカチカチになるまでバットスイングに没頭《ぼっとう》した。

「上手くなるんや、上手くなるんや」

そう念じながら、父とのやり取りを思い返して汗まみれ泥まみれになった。

練習が終わるとバカな高校生に戻る。部室ではみんなで一人を取り押さえ、日焼けでひりひりする首筋にエアーサロンパスを吹きかける。

「熱っ！　熱っ！　痛っ！　痛っ！　熱っ！　痛っ！」

と騒ぐリアクションを見て笑ったり、汗臭いスライディングパンツを頭に被せて、

「臭っ！　臭っ！　オエッ！　オエッ！　臭っ！　オエッ！」

と部室内をえずきならが走り回る仲間の姿を見て笑ったり、じゃれあいふざけあったりしながら、チームの絆《きずな》はより深まっていった。

突然の再会

初夏。梅雨が明けたとはいえ、まだぐずついた空模様が続くある日のこと。僕の人生を大きく変える出来事があった。

遅くまで降り続いた昨夜の雨の影響でグラウンドが使えず、その日の練習は早々に切り上げられた。蒸し暑さから逃れるように、野球部仲間と京橋駅に隣接する京阪モールで涼んでいた。

腹ごなしになか卯のはいからうどんを平らげると、たちまち汗がぶわっと吹き出した。シャツの胸元をパタパタさせながら冷房のよく効いた館内を徘徊《はいかい》していると、すれ違ったオバサンが突然僕を呼び止めた。

「あの、ちょっと、もしかして……」

声に反応して振り向くと、オバサンは僕が手に持っている野球部のエナメルバッグと僕の顔に何度も視線を往復させている。バッグには高校名と僕の名字が刺繡《ししゅう》されていた。

「知浩……。知浩くん……ともくんやね？」

聞き覚えのある声。放出したはずの熱が再び体内に戻ってきて、一気に体温が上がった。目をこらしてオバサンの顔を眺めた。見覚えのある顔。全身に血液が急激に回り、後頭部が痺れた。ま、まさかママ？　記憶のなかのママよりかなり痩《や》せて、別人のようにも思えたが、そうだ、確かにママだ。僕のママだ。ママや！　ママやーっ！　心で叫んだが、声にはならなかった。

実の母であろうオバサンは、振り向いたまま呆然と突っ立っている僕に恐る恐る近づいてきて、僕の両腕を強く揺さぶった。

「知浩くんやね？　ともくん……。間違いないやんね？」

目頭に涙をためて、そう問いただす母。僕は数年ぶりの、それもあまりに突然の再会に緊張すぎて、完全に固まってしまった。

「は、はい、そうです……」

切羽詰まった母の問いかけに、僕は蚊の鳴くような小さな声でようやく返事をすることしかできなかった。しかも敬語で。

「知浩くん。知浩くん……」

母は嗚咽《おえつ》をあげながら、僕の名前を繰り返し呼び続けた。そして、摑んでいた僕の両腕から手を離し、「ごめんね。ほんまにごめんなさい。ほんまに堪忍やで」と、今度はおでこが膝に当たるくらい頭を下げて幾度も幾度も詫びの言葉を口にした。

野球部仲間たちは何事か理解できずに唖然と突っ立っていた。

「えーっと、ボクのオカンやねん！」

今にもこぼれ落ちそうな涙を懸命にこらえて、みんなには精一杯の照れ隠しの笑顔を向けた。

仲間とその場で解散して、母と二人で喫茶店に入ったものの、いざ向き合ってみると何から話し出したらいいのかお互いにわからない。小学校三年生で別れてから高校生になっていた僕。およそ八年ぶりの、母子の対面だった。心の整理がつくはずもない。お互いに目が合ってはうつむき、途切れ途切れの会話にしかならなかった。

「洋子も美保もマー坊も元気にしてる？」

「う、うん……。みんな元気やで」

「そう……」

「そっちは……元気やった……？」

以前のように「ママ」とは呼べなかった。再び会えた感激と照れ臭さと、いろんな憤りや複雑な感情がごちゃ混ぜになって、「そっち」というあやふやな呼び方しか出てこない。

家族と離れて一人になった母は、大阪の住吉区で暮らしながら、我孫子駅前のスナックで働いて生計を立てていたという。僕は今大東市の住道で暮らしていて、京橋駅まで電車で来て、ここから自転車で高校に通っていることを伝えた。

「そっちは生活やっていけてるん？」

「ママは大丈夫に決まってるやん。それよりも、ともくんたちのほうを心配してたよ」

母は自分から「ママ」と切り出して、僕との距離を縮めようとしているようにも思えた。

「だいぶん前になるけど、そっちのおばあちゃんが住道に来ていろいろ心配してたで」

「今さら会いに行かれへんわ……。ママのことで気ぃ遣わせて堪忍な。ほんま堪忍な……」

母の目から止めどなくあふれる涙。テーブルにぶつかるくらい下げ続ける頭。

「もういいやん。ほんまにもう大丈夫やって。そっちも大変やったやろうし」

どうしても昔のように「ママ」とは呼べない。いつの間にか氷は溶けて、ぬるいコーラが水で薄めたようになっていた。

別れ際、母は僕の自転車を知りたいと、自転車置き場までついてきた。

「もっと空気入れなしんどいやろ。ほんま堪忍な……」

車輪を指先で押さえて、僕が気にもしていないことまで謝った。「堪忍な」には、さまざまの「申し訳ない」がすべて乗っかっているのだろう。母は自転車のハンドルやサドルを、まるで愛しい赤子のように優しく撫でていた。子どもの頃、甘えん坊だった僕に優しかった母のように。

「ともくんをいつも運んでくれてありがとね。ありがとね。堪忍な……」

母の涙が自転車のサドルをも濡らしている。

京橋駅の改札口で、母はうつむいたまま僕の手を離さなかった。

「堪忍な……堪忍な……」

声を震わせながら咽《むせ》び泣き、ただただ繰り返す。いったいどれくらいの時間、そうしていただろうか。

「そろそろ行くわ……」

母はようやく僕の手を離した。改札を入って振り向くと、何度も深く頭を下げながら、目頭をハンカチで押さえていた。

「ほな、またな。会えて嬉しかったわ。バイバイ。……ママ、ママーー！」

ようやくその言葉を口にした自分が恥ずかしくて、振り向きもせず一気にホームへの階段を駆け上がった。

帰宅しても上の空で一晩が過ぎた。ママに会ったことを家族の誰にも話せなかった。寝不足で迎えた朝の光がやけに眩《まぶ》しかった。しばらく雨は降らないだろう。僕はぐちゃぐちゃになった感情をすべて野球にぶつけて毎日を過ごした。

ママの風呂敷包み

それから、数日後のことだった。

その日の朝もギリギリセーフだ。住道から電車に飛び乗り、車内で息を切らせながら、明日からはもう五分早く家を出ようと決意しつつ、京橋駅の改札を出る頃には呼吸も鼓動も通常どおりになっていて、車内での決意はすっかり忘れている。

京橋駅の駐輪場に到着すると、僕の自転車の前カゴに見知らぬ風呂敷包みが入っていた。空き缶やゴミの詰まったビニール袋が投げ込まれていることはよくあるが、こんなに小綺麗な風呂敷包みは初めてだ。

「ママや。ママが入れたんや！」

僕は直感した。柔らかく結ばれた風呂敷包みをほどいてみると、おにぎりが入っている。そして手紙が添えられていた。

「ときどきおにぎり入れとくからね。ママより」

ママの字を目にして、つい頬が緩んでしまった。そういえば日本橋で一緒に暮らしていた頃も、ママは何かあればいつでもこれくらいの大きさの紙にメモを書いていたのを思い出した。

その日からほぼ毎日、自転車の前カゴにはおにぎりが入るようになった。もちろん手紙と一緒に。

僕は風呂敷包みをエナメルバッグの底に眠らせながら授業を受けて、お腹が空くとおにぎりにかぶりついた。おにぎりにはママの手の温もりがあった。ときどきお手製のジュースも一緒に入っていることがあった。リンゴとグレープフルーツを絞って、ほんの少し砂糖を加えたような味だ。いつも喉を渇かしながら練習している野球部員には、とても美味しくありがたいものだった。ママの特製ジュースとおにぎりのおかげで、父から毎朝もらう五百円の昼食代が浮いた。


この夏の大会が終われば三年生は引退する。僕たち二年生は野球部内では最上級生となる。そんな意識からか、朝の自主練習に参加する二年生部員が次第に増えていった。ティーバッティング用のネットも、練習用ボールも数に限りがあるので、僕は高校裏の淀川河川敷で素振りをすることにした。

河川敷に到着すると、いつも朝陽が淀川に射し込み川面がキラキラと輝いている。川の流れはいつも速い。魚がときどきジャンプする。土手の上をジョギングする年配のランナーたち。淀川河川敷が次第に活気づいていく朝。

僕と仲のいい河もっちゃんも、僕のすぐそばで素振りを始める。部室では騒いでいる二人だが、この時間は黙々と素振りをして、手のひらにできたマメをさらに固くした。

放課後の練習終わりには、ママの特製ジュースの残りで渇ききった喉を潤した。暑さでイタんだのか、グレープフルーツの苦味が際立っているときもあったが、ママの気持ちがくたくたの身体にしみ渡った。

これまでの空白を少しでも埋めることができればと、ママは毎日始発電車に乗って僕の自転車の前カゴにおにぎりを入れに来てくれたのだろう。今思えばその風呂敷には、僕にとって世の中で一番贅沢な食べ物が包まれていた。

ちょうど夏休みに入る頃、大阪地区予選の五回戦でうちの学校は惜しくも敗退し、三年生は引退した。いよいよ僕たちの時代がやって来たのだ。僕に限らずチーム全員が真剣だった。

監督の指示に従って、実戦練習を繰り返し、そこからAチーム、Bチームに振り分けられていく。Aチームは遠征試合などでさらに実力を試されて、レギュラー争いをする。僕はAチームに入れた。あまりに嬉しくて、いつもは京橋駅の自転車置き場まで戻ると、空っぽになった弁当箱としわくちゃになった風呂敷を、自転車の前カゴに放り込んでから改札口へと向かうのだが、その日は初めて僕からママ宛に置き手紙を添えた。

「Aチーム残れたよ。これからは試合に出れると思う。あさってはいきなり柏原っていう強いチームと練習試合やってさ。がんばってくるわ」

高校生が書いたとは思えない下手な文字を風呂敷に包んだ。

二日後の朝八時半、貸切りバスに乗り込んで遠征先へと出発した。阪神高速を走るバスから通天閣さんが見えた。久しぶりに対面した通天閣さんは、朝陽に照らされて白く輝いている。通天閣さんも僕のAチーム入りを喜んでくれている気がして、一人ニヤつきながらママのおにぎりを頰張った。

練習試合を終えて学校に戻った頃には、夏の夕陽が強靭な粘り強さでグラウンドをオレンジ色に染めていた。遠征先の試合で大して活躍できなかった僕はバットを握りしめて、同じくオレンジ色に染まった淀川河川敷へと向かった。川の流れはいつもと変わらず速い。河もっちゃんもバットを肩に担いでやって来た。なんとなく二人で河原にしゃがみこんだ。

「タカ、大学には行くんけ？」

まだ一年以上も先のことだからすぐには答えられなかったが、僕には妹と弟もいる。これ以上父に負担はかけられない。野球するのは高校で終わりや」

「たぶん行かへん。野球するのは高校で終わりや」

「そうなんけ、俺と一緒やなあ……」

少しずつ薄暗さを増す河川敷で、お互いの家庭環境を打ち明け始めた。

中学生の頃は、見栄を張って友達にすぐバレる嘘をついてその場をしのいだ。嘘の数々が現実であるかのように自分を洗脳しながら毎日をごまかしていた。でも今は違う。こうしてさらけ出して語り合える本当の友達がいる。もう嘘なんかつかなくてもいい。

「野球って、目に見えへんお金がいっぱいかかるしのぉ」

河もっちゃんの言うとおりだ。このバットだって、グローブだって、ユニフォームだって、僕たちはウキウキした気分で向かう遠征試合のバス代二千円も、父が苦労してようやく得た大切なお金。父はどんなにもがいてもプロ野球選手になれるレベルまで達しないであろう我が息子に黙って投資してくれているのだ。

「この一年、悔い残らんように精一杯青春しようや！」

「青春て……。タカ、ほんまダッサイのぉ」

いつの間にか夕陽は沈み、静かな静かな淀川河川敷になっていた。川の流れが速いのか遅いのかも確認できない真っ暗な毛馬のほとり。それぞれの思いを抱えてバットを握りながら、二人は立ち上がった。

ストライクゾーンの高さまで伸びている雑草を探し、その先端を白球に見立てて素振りを再開する。静まりかえった淀川河川敷には、僕と河もっちゃんのスイングの音だけが響き渡った。

置き手紙

秋も深まった頃、いつもの時間に京橋駅の自転車置き場に行くと、そこにママの姿があった。久しぶりに会えてとても嬉しかったのだが、どうしても照れ臭さが抜けきれずに喜びを押し殺した。

「はい。おにぎりとジュース」

風呂敷包みを押し出して、ママはにっこりと微笑んだ。

「どうしたん？　今日はなんでおるん？」

「実はな、京橋に引っ越したんよ」

さらに大きな笑顔を浮かべながら、ママが勿体ぶった間を空けて言う。

「我孫子の店は客が酔っ払いばっかりやし、もう嫌になったから京橋で働くことにしたんよ」

我孫子という街には行ったことがないのでよくわからないが、京橋が負けず劣らず酔っ払いの多い街だということは、街並みを見れば高校生の僕でもわかる。

「働くとこ決まったん？」

「昨日面接行ったら、すぐに働いてほしいて頼まれて。いきなりやったから大変やったわ～」

ママのテンションがやけに高い。かなりアルコールが残っているように見えた。

「ともくん、今日は何時に戻ってくるん？」

「練習は七時までやけど、そのあと自主練するし……」

「アカン！　練習が終わったらすぐここに戻ってきなさい。ママは必ず待っとくから」

酒の入った大人はかなり強引だ。いや、もしかしたらママだけかもしれないが。八年間も会っていなかった母子の距離を、アルコールの力を借りて一気に詰めてきやがる。

勢いに押されて、その日の練習後、真っ直ぐ京橋駅へと向かった。駐輪場には約束どおりママが待っていた。お酒も抜けきったのだろうか、朝の顔とはぜんぜん違う顔つきになっている。

「急がしてゴメンやで。堪忍な」

口調も柔らかく戻っている。

ママに案内された先は、古い建物だが2LDKの広々としたマンションだった。引っ越したばかりであることを裏付けるように、部屋にはまだ段ボール箱が山積みになっていた。

「週末にはぜんぶ片付けるから、奥の部屋は自由に使っていいからね」

「でも……。うん、ありがとう」

僕だけ内緒でママから特別待遇されているという事実で罪悪感に苛《さいな》まれたが、同時に、突然降って湧いたように自分の部屋ができたことが素直に嬉しかった。人生で初めての一人部屋。ニヤニヤした表情を浮かべたまま、帰りのJR学研都市線に揺られた。

それからはほぼ毎日、学校帰りにママのマンションに立ち寄った。いつも夜になるので、ママは仕事に出かけて家にはいない。

「部屋になんでも置いといたらいいからね」

ママの置き手紙にはそう書いてあったが、何一つ置くものがない。野球道具を置いて帰れば、翌朝はここに立ち寄って持っていくことになるので、二度手間になる。

とりあえずは何をするでもなく、ママが朝置いてくれた風呂敷包みを、学校帰りにママのマンションに届けて、テーブルの上に置いてから帰路につくことが習慣になった。

ただ、テスト期間中で部活動が休みになるときは、集中してテスト勉強に励めるこの部屋の存在がとてもありがたかった。うちの高校の野球部は、一教科でも赤点を取れば部活動には一週間参加できず、教室に居残って強制的に勉強をさせられる。赤点をギリギリ取らない程度の勉強をこの一人部屋の片隅でクリアした。テストを終えて戻ってきた僕にママは聞いてくる。

「ともくん、今日はどうやった？」

「うーん、歴史は大丈夫やろうけど、数学はちょっとヤバイかも」

「明日のテストは何の教科なん？」

「英語だけやから、まぁなんとかなると思うわ」

「油断したら赤点とってしまうよ。集中して勉強しなさいね」

数年間の空白を経て、遅ればせながらもようやく母子の会話ができている。でもこうして温かな幸せを実感している事実を、支え合って生きてきた家族に打ち明けていないことへの罪悪感がますます大きくなり、僕の心の中で激しくせめぎ合っている。

「にゅうめん出来たよ。あったかいうちに食べ」

この部屋に来ると、ママはいつもにゅうめんを作ってくれた。干しエビと椎茸の出汁がよく利いたにゅうめん。出汁をとったあとの干しエビも麺のあいだを泳いでいる。

テスト期間が終わると、いつもの練習漬けの日々へと戻り、ママと顔を合わす機会は減少する。マンションに立ち寄ると、必ず置き手紙がキッチンテーブルの上にある。読んだ印として、置き手紙の角を折り曲げる。いつしかこれが母子の合図になっていた。

「最近はすごく寒いね。ママもくしゃみがよく出ます。風邪ぐすりを買っといたから、ともくんも一応持っときなさいね」

「カロリーメイト買っといたからカバンに入れときね。野球の練習終わりはお腹が空くでしょうから、これ食べてね」

「奥の部屋を見てちょーだい。ともくんのためにカセットデッキ買いましたよ。カセットテープも置いてます。安モノやけど許してね」

「バレンタインなのでかわいいチョコ買ってみました。ママからともくんへのプレゼントです。でも、ともくんはやっぱりカロリーメイトのほうがよかったかな？」

「少しあったかくなってきましたね。最近はぜんぜん顔を見られてないけど元気にしてますか？ママは少しさみしいです」

「昨日、久しぶりにともくんの顔を見たら泣いてしまってゴメンね。堪忍ね。でもママはすごくうれしかったんよ。また早く終わったときは顔見せてね」

そんなママの言葉を読むたびに、僕は置き手紙の角を折り曲げた。

「少ししかないけど、このお金をサイフに入れといてくださいね。でも、ともくん、ムダづかいはダメやで」

金欠に苦しむ月末になるといつも、コーヒーカップで押さえた千円札が二枚、手紙の横に置いてあった。僕はそんなときだけ置き手紙の裏面を使って、たった一行の返事を書いた。

「ありがとう。助かるわ」

早速そのお金を握りしめて、京阪モール内にあるなか卯に走る。はいからうどんに天かすを山盛り放り込み、ズルズルとうどんをすすった。

ママのマンションに行くと、あれこれ世話をやいてくれるので嬉しいことは嬉しいが、干しエビにゅうめんを平らげて人心地ついてしまうと、あとは正直、退屈で仕方がない。みんなと一緒にオリーブに行けばよかったと少しばかり後悔する。そんな僕に、ママが嬉しそうな顔を向けながらカメラのシャッターを切る。

「ともくん、もうちょっと笑てよ」

さほど表情も姿勢も変化のない僕の姿を、何枚も何枚も撮り続けていたママ。さすがに嫌気が差す。

「もぉ～、しつこいねん。やめてくれや」

そっぽを向いて、苛々を背中で表現する。ママが表情を曇らせるのが背後の空気でわかる。それでも優しい言葉をかける気持ちにはならない。テーブルの隅にはどこのカメラ屋で購入したのか、ビニール袋いっぱいのフィルムがあった。

「どんだけ写す気なんや。ボク、写真撮られるん苦手やねん」

僕はママを振り切るようにそそくさとマンションを出て、まだみんなで賑わっているはずの喫茶オリーブへと自転車を走らせた。

手作りのお守り

グラウンドをぐるりと囲む外野フェンス。さらにそのフェンスを囲むようにたくさんの木々が並んでいる。そこから届けられる蟬の鳴き声を聞くのも、今年限り……。猛暑続きなのに、どこか寂しげに感じる僕らの最後の夏がやって来た。

練習後に、オレンジ色の夕陽に染められて監督とコーチの周りで円陣を組む野球部員。いつものように僕の隣には河もっちゃんが立っている。

マネージャーから一枚ずつ渡された背番号を、監督が若い番号から順に配っていく。

「8番、高山」

呼ばれた。

僕にとって最後の野球人生だ。チームに貢献できるよう精一杯プレーします。そう心に誓いながら、監督から背番号「8」を受け取った。

河もっちゃんの名前はまだ呼ばれない。夏季大会大阪予選の背番号は「17」番までと決まっている。いよいよ最後の一人となった。

「17番、辻」

夕陽の中でしばらく静寂が続いた。僕は隣に立つ河もっちゃんに目をやった。深く帽子を被りうつむいている河もっちゃんの肩は震えていた。流れ落ちる涙を、震える肩口で何度も拭っている。選ばれた十七人だけがグラウンドに残されて、監督の話を聞いた。外された部員とともにグラウンドを後にする河もっちゃん。その寂しげな後ろ姿は僕の脳裏に深く刻み込まれた。

帰り道、もしかしてと、喫茶オリーブの扉を開けた。やっぱり一番奥のインベーダーゲーム機の前には河もっちゃんの姿があった。両肘をついて、どこか一点をボーっと見つめている。どんな言葉で励まそうかと考えていると、「気ぃ遣わんでええで」と河もっちゃんから先に言われた。

ずーっと黙っていた。ずーっとずーっとしゃべらずにいた。河もっちゃんにはそれが一番の方法だ。二年半も一緒にいるのだからわかる。

僕はコーラをすすりながら、「少年チャンピオン」をパラパラとめくった。内容なんか頭には入ってこない。画だけを眺めては最後のページまで辿りついて、また別の少年雑誌をパラパラとめくりゴールする。それだけだ。河もっちゃんはまだ一点を見つめたままだった。いつも先陣をきってカラオケを楽しげに歌っていた河もっちゃんの目に涙がたまっている。僕は精一杯気づかないふりをした。結局その日、僕が河もっちゃんに向けて発した言葉は別れ際の「バイバイ」だけだった。

重たいものを背負ったような気持ちでペダルを踏むと、二年半、ほぼ毎日僕を運んでくれた自転車までもギイギイと悲鳴をあげていた。

「あと半年だけ頑張ってくれよ」

ペダルを踏みながら僕は河もっちゃんにそうしたように、心のなかで自転車にも話しかけた。マンションの前に自転車を停めて、ママの部屋に向かう。もう仕事に出掛けたあとらしく、そこにママの姿はなかった。

僕は裁縫箱を取り出して、慣れない手つきで試合用ユニフォームに背番号「8」を縫いつけた。「背番号はユニフォームの襟元から13センチ下」とマネージャーに指示されたとおりに定規で測って慎重に縫ったつもりだが、どうもバランスが悪い。少し歪んで、右側に寄りすぎている。まあ、こんなもんか。夏の大会まではまだ日があるので置いて帰ろう。そうやって、試合用ユニフォームは、ママの家の僕の部屋の数少ない置き荷物の一つになった。

翌日からは、最後の大会に向けての調整練習のみ。これまでのような厳しい練習はない。メンバーから漏れた部員は一足早く引退することができるので、僕たち三年生のロッカールームはそれまでの賑やかさを失い、ピリピリした緊張感だけが充満している空間となっている。

僕はそんなロッカールームで、これまで一緒に厳しい練習に耐え続けてくれたグローブに牛革用ワックスを丁寧に塗った。

野球するのはもうこの夏で最後やねん。あと少し、よろしく頼むわな。

すっかりボロボロに痛みまくった大切なグローブを胸に押し当てて、そうお願いした。このグローブも、スパイクも、ユニフォームも、余裕のない暮らしのなかで無理して買い揃えてくれた父の顔が浮かぶ。

「大学に行かしてあげられへんけどゴメンな。とにかく最後の野球人生、頑張ってくれよ。な、知浩」

レギュラーに選ばれたことを告げた夜、最後の夏の大会をすごく楽しみにしてくれていた父は、目を真っ赤にして僕の坊主頭を引き寄せ、胸に押し当てた。


いよいよ夏の大会が始まった。

奇しくも、抽選で決まった一回戦の開催球場は、昔よく父に連れていってもらった大阪球場だった。

南海ホークスの帽子を被り、スタンドから声援を送っていた小さな子どもは、その十数年後に高校球児になって大阪球場の土を踏んでいる。幼子の手を引いていた父は、大勢の野球部員や父兄やOBが陣取る一塁側の観客席で観戦することになった。時間の経過とともにいろんなことが変化していた。いつも球場まで迎えに来てくれていたママとの別れ、そして再会。もしかしたら、この球場のどこかでママはこっそり観戦しているのかもしれない。

「3番、センター高山君」

高らかにアナウンスされたあと、バットを力強く振り抜いて弾き飛ばした打球は、右中間を深々と破っていった。スライディングでついた黒土を払い落とそうともせず、塁上から一塁側の観客席に向かって、僕は高く拳《こぶし》を突き上げた。

父の姿は見えないが、手を叩いて喜んでくれているだろう。初戦は大差をつけてのコールド勝ちで、続く二回戦も順当に勝ち進んだ。

一時はメンバーに漏れて落ち込んでいた河もっちゃんだったが、引退せずにチームに残って、次の対戦相手を決める抽選会に行く係を、自ら買って出てくれた。河もっちゃんも最後の夏を、悔いの残らぬよう懸命に、僕たちとともに戦ってくれている。みんながみんな、最高の仲間だ。

「次も楽勝やで！　どや、俺、くじ運ええやろ〜」

三回戦の抽選会から帰ってきた河もっちゃんが不遜《ふそん》な笑みを浮かべている。次の対戦相手は何度か練習試合をしたことがあるチームだった。そしてすべての試合でうちのチームが勝利していた。

その油断が仇《あだ》となった。

前半、いきなり大量得点を奪われた。そして焦る気持ちをかかえて、ゲームを立て直すことができないままに、最後まで相手チームの得点を上回ることができなかったのだ。悔いの残らぬようプレーすると誓っていたのに、なによりも悔いの残る試合となってしまった。

ああ、これで僕の野球人生は終わった。

堪えようとしても止めどなく涙が溢《あふ》れ出た。僕はもう野球に情熱を注ぐことはないのだ。未練はあるが、これは自分で決めたことだ。

脱け殻状態になったその日はママのマンションにも立ち寄らず、真っ直ぐ住道駅に向かった。父が営む居酒屋のカウンターの片隅で、黙って父の作ってくれたご飯を口に運んだ。

「長い間、お疲れさんやったな」

柔らかい口調のその父の一言で、涙腺が崩壊した。僕はお客さんの目もはばからずに泣きに泣いた。カウンター越しに、洋子姉ちゃんの手が僕の坊主頭を何も言わずに優しく撫でた。よけいに涙があふれる。見上げると、姉ちゃんの目にも涙がたまっている。

僕が野球を始めた小学四年生の頃から現在に至るまで、ずっとユニフォームを洗ってくれていたのは洋子姉ちゃん。ずっと夕食を作り続けてくれたのも洋子姉ちゃん。

「中学生なったらバスケ部入るねん」

そう言って瞳を輝かせていたのに、結局は家事に追われる彼女にそんな時間はなく、バスケ部に入部することを僕たちきょうだいのために諦めてくれた。いつも家族の犠牲になってくれた母親代わりの洋子姉ちゃん。

「今までありがとうございましたっ！」

これまでグラウンドでしかしたことがないような深々と頭を下げてのお辞儀と、元気いっぱいのお礼の言葉を、カウンター越しから洋子姉ちゃんに精一杯の気持ちで届けた。

帰宅すると、最後は自分で洗おうと決めて、黒土でどろどろになったユニフォームを洗濯機に入れようとした。そうだ、その前に返却することになっている背番号「8」を外さないといけない。

そう思い出して、背番号に手をかけると、自分で手縫いしたはずの背番号がミシンで綺麗に縫い直されていることに気づいた。試合前も試合中も試合後も、僕はまったく気にもとめていなかったけど、ママが綺麗に仕上げてくれていたのだ。

そしてその背番号の裏には、ママ手作りの小さなお守りが縫いつけてあった。

ユニフォーム姿の僕が、足の裏を正面にむけて座っている様子が、色々な布を切り貼りして作られている。ビリケンさんをモチーフにしたお守りだとすぐにわかった。

僕の顔をしたママ手作りのビリケンさんを、僕はそっと胸に押し当てた。

高校一年生のときから使っていた大きなボストンバッグの中に、二年生になってようやく使わせてもらえるようになったネーム刺繡入りのエナメルバッグを入れ、その中にママ手作りの小さなお守りをそっとしまい込んだ。僕の高校三年間がそこにぎゅっと凝縮している気がした。

ママとの生活

夏は野球部のTシャツか半袖の制服、冬は野球部のジャンパーで登下校していたので、ほとんど着ることがなかった詰め襟の学生服に久しぶりに袖を通した卒業式。ものすごく袖が短くて、手首につけた安物の腕時計が丸見えになっている。この三年間で僕の身体はずいぶん成長していたんだなあ。

体育館での長い式典を終えると、何の約束もしていないのに、野球部仲間がグラウンドに自然と集まった。久しぶりに顔を合わせた同級生たちは、僕と同じく坊主だった頭の毛が伸びている。

来る日も来る日も土を懸命にならしたトンボを手に、みんなで写真を撮った。何百回、何千回とダッシュした心臓破りの坂では、みんなで寝転んで思い出を語り合った。坂ダッシュをほとんどしたことのない河もっちゃんまで思い出を語り出し、みんなにツッコまれて、大笑いした。

最後に野球部卒業生全員の集合写真をカメラに収めてもらい、一人ひとりと抱き合うと、涙があふれた。

ふと気がつくと、バックネット裏にママの姿があった。こっそりと卒業式に来て、参列する父兄に混じって僕を見つめているママには気づいてはいたが、みんなの前で号泣されると恥ずかしいので、結局一度も声を掛けなかった。

汗まみれ泥まみれになった仲間たちとの最後の日は、約束もしていないのにやっぱり自然と喫茶オリーブにみんなの足が向いた。そこで最後の校歌を泣きながら歌った。

みんなと別れてから京橋のマンションに足を運んだ。

「あら、早かったね。お帰り〜」

ママは何事もなかったかのように振る舞いながら、僕の前に干しエビにゅうめんを出してくれた。

就職したのは、野球とはまったく無縁のスイミングスクール。水泳経験といえば、体育の授業で少しばかり泳いだぐらいなのに、インストラクターというカッコいい響きに惹かれて一般教養試験と面接を受けたところ、数日後には採用通知が届いたのだ。何の苦労も刺激もない就職活動だった。

「これからは先生って呼ばれんねん」

「えー、すごいね！　ともくんは何でもできるんやね」

ママは満面の笑みで、いつものように僕を褒《ほ》め称《たた》えてくれた。

父も同様だった。

「知浩がインストラクターっちゅうんですか、とにかく先生になりますねん」

営む居酒屋で常連客同士の会話に割って入り、一方的に息子の自慢話をしていた。

研修期間後は、奈良県の登美ヶ丘にあるスイミングスクールに配属が決まり、スクール近くの寮での生活が始まった。

一人暮らしがこんなにも大変だとは……。とりわけ食事に関して僕は途方に暮れた。朝はパンをかじればいいが、昼食や夕食はすべて外食。選手クラスの練習が終わるのは夜の九時なので、さすがに自炊はできない。毎月の給料はすぐ消えていく。月末は小銭だけの生活になるのでカップラーメンでしのぎ、どうにかこうにか生きていたが結局は数カ月で辞職してしまった。当初は張り切っていたけど、やはり心は正直なものだ。水泳経験のない指導者が水泳を教えているという事実に、大きな違和感があった。かといって今さら、本気で水泳と向き合うこともできない。父にはものすごく怒られた。

「野球部で頑張ってきた根性を忘れたんか！」

根性論の問題ではないのだ。初心者クラスなら気負う必要もなく研修で学んだことを子どもたちに伝えればいいが、選手クラスとなると、自分の経験値によって指導力が大きく変わる。僕にはその経験値がなかった。

「もうこれ以上、迷惑かけんといて」

退職を知った洋子姉ちゃんの言葉が心に突き刺さった。本当に姉には苦労のかけっぱなしだった。みんなが暮らす文化住宅にはなるべく帰らないようにした。姉の負担も少しは軽減されるだろうから。

僕は京橋にあるママのマンションで世話になることに決めた。ママはとても喜んだ。就職して寮生活が始まってからはほとんどママのマンションに顔を出していなかったので、ママと顔を合わせるのも数カ月ぶりだった。

「ともくん、ご飯できたよ。そっち持っていこか?」

「うん、頼むわ」

姉には気を遣うが、ママには気兼ねなく甘えられる。ハンバーグ、スパゲッティ、トンカツ、ビーフシチュー、子どもの頃に食べたくても食べられなかった料理が日替わりで僕の前に並び、ママの手料理を毎日食べられることにこれまで味わったことのない幸せを感じていた。

いくつかアルバイトもしたが、嫌になったらすぐ辞めた。お金は必要だが、頑張らなくても手に入ったからだ。

「ともくん、お金ないやろ？　ここに置いとくね」

そのお金を友達との遊びに充てて、怠惰《たいだ》に生温《なまぬる》く過ごす日々。ママから切り出してくれないときは、遠慮がちな演技でお金を無心した。そんな僕に、ママは何も言わなかった。息子の情けない姿に喝を入れたい気持ちもあっただろう。でも、過去を含めて飲み込んで、「これが母と子としての幸せなんだ」と自らに言い聞かせていたのだと思う。僕はそこにつけ込んで、ママの財布で脱け殻のような空虚な生活にどっぷり浸っていた。

「ゴメンやけど、五千円貸してほしいねん。野球部のツレと久しぶりに会うから」

ママは何も言わずにいつでも財布を開けた。無心したお金で遊び呆けた翌日は、昼を過ぎても寝床から出てこない。夕方になってごそごそ起き出して、ママが作ってくれる干しエビにゅうめんをすする。ほどなく朝晩真逆の堕落《だらく》した生活リズムが定着しても、ママは小言一つ口にしなかった。

深夜、ママがスナックでの勤めを終えて帰宅しても「お帰り」すら言わない。それどころかママが酔っているときは強く噛みつくようになった。

「何、酔っぱらってんねん！　めっちゃ酒臭いやんけ！」

「仕方ないやん。今日はいっぱい飲ます客がおってんから！」

アルコールが入ったときだけ、ママは反論してくる。僕は逆上した。

「オレは昔からずっと嫌な思いばっかりしてるやんけ！　アンタが家を出ていったあと、オレらはどれほど苦しかった思てんねん！　どれほど辛かった思てんねん！　自分ではまだ金も稼がれへん子どもやってんぞ！　鬱陶しいねん！」

　大人になっても自分の小遣いすら稼げないぐうたらな僕が、そうやってママに噛みつく。ママが何も言えなくなるまで責めて、その上、翌日はまたママがスナックで働いて稼いできたお金で友達と遊びに行くのだ。

　それは、少し前まで、野球部で頑張っていたという事実をすっかり忘れてしまうほど、最低な生き方だった。思いどおりにならないことを、すべてママのせいにした。

　もしママがずっといたなら、子どもの頃、焼きイモや食パンでしのぐような、ひもじい生活をしなくてもすんでいたんじゃないか？　あんな、ひもじい生活だったから、何事にも不十分な努力しかできなかったんだ……。

　もし、大学にでも行けていれば、もっと充実した日々を過ごせていたはずなのに。野球も勉強も、ママがいなかったから、僕のすべてが狂わされたんだ。

　自らの足りない部分を棚に上げて、とにかく、怒りの矛先《ほこさき》をママに向けた。

　そのたびに、ママが悲しむのが見てとれたが、言いようのない自分自身の歯痒さをぶつけることでしか、ストレスを発散できなかった。うごめく心の揺れを、すべてママにぶつけていた。

　そして、ママが何かと世話をしてくれても、素直な気持ちで感謝ができない自分がいる。ママの愛情をむず痒く感じ、ときには、憎しみに変わってしまうこともある。

　当てつけのようにこんなことまでした。

「考えたら今年、一回も墓参り行ってへんわ。明日行ってくるからゴメンやけど三千円ぐらい貸してくれへん？」

ママのお金を交通費にして、ママのお金でお供えの花を買い、ママとは離縁している高山家の墓に手を合わせた。

それでもママは何も言わなかった。どこまでいってもママが何も言わないことを、僕は知っていた。

必要なものを取りに行くときだけ住道の文化住宅に帰ったが、父は僕が友達の家を転々と泊まり歩いているのだろうと思っていたようだ。父子の会話は少なかったが、このまま腐っていく息子を何とかしたいと、父なりに憂慮《ゆうりょ》していることは、寂しげな表情から感じとれた。

父が営む居酒屋が休みのある日、父から食事の誘いを受けた。

「今日は電車、空いてるなあ」

あまり電車に乗らない父は、学研都市線に揺られながら呟いた。僕に話しかけているのか、独り言なのかわからない。

「雨降る思てたけど、天気もちそうやなあ」

乗り換えた環状線で車窓からの景色を眺めてまた呟いた。父の気遣いを感じたが、僕は黙ったままでいた。

ミナミの繁華街をぶらぶらと歩きながら、行き当たりばったりで目についた居酒屋を父は選んだ。

店内はサラリーマン風のお客さんで賑わっている。しばらくはポツリポツリと話をするだけの二人だったが、次第にアルコールも回りだし、少しずつ父の舌が滑《なめ》らかになっていった。

父は、僕の野球部時代の夏の大会の思い出を、もちろんそのすべてを知っている当事者である目の前の息子に、一回戦から順を追って熱く語り始めた。二時間ぐらいはそうやって父が一方的にしゃべっていただろうか。お酒に酔ってなのか、僕の学生時代を懐かしんでなのか、父の目は真っ赤になっていた。隣席のサラリーマン風の団体客も帰っていって、店内が少し落ち着き始めた。僕は姿勢を正し、お酒の勢いを借りて父にこれまで言えなかったことを話した。

「あんな……謝らなアカンことあるねん……」

「ん、急になんや。どうしたんや？」

「実は今……ママと住んでんねん……」

父が急に静かになった。僕は、高校のときに京阪モールで偶然ママと会ったこと、自転車の前カゴにおにぎりを毎朝入れてくれていたこと、ママが京橋駅近くのマンションに引っ越してきたこと、ママが今スナックで働いて生計を立てていること、すべてを父に打ち明けた。

「今まで、黙っててゴメン」

父は驚いたようで黙って僕の話に耳を傾けていた。しばらく無言で考え込んでいるようだったが、ふと柔らかい笑みを浮かべて口を開いた。

「元気にしてるんやったらよかったわ。安心したわ」

激怒されても仕方がないと腹をくくっていたのに、父の口調は最後まで優しかった。

「ママにあんまりワガママ言うたらアカンぞ」

僕たちの様子を監視していたのかと思うほど、父のその言葉はあまりにも的確で、僕は狼狽《うろた》えて目が泳いだ。

「あのー、そろそろお料理だけラストオーダーですが、何かご注文は？」

お店の人から声がかかった。ん、この声？　聞き覚えがある。視線を上げると、そこにはなんと野球部時代の仲間だった河もっちゃんが法被《はっぴ》姿で立っているではないか。

「タカが入ってきたときからわかっててんけど、ビックリした？」

ニヤッと笑って、河もっちゃんは父にも軽く会釈した。

「え、なんで？　なんで河もっちゃん、ここにおるん？」

「オレ、就職したけどすぐ辞めてもーてな」

「一緒やん。ボクと……」

恥ずかしかったが、僕も河もっちゃんに現状の情けない体たらくを説明した。

河もっちゃんが仕事に戻ると、僕は堰《せき》を切ったように、河もっちゃんと高校の同級生だったこと、同じ野球部だったこと、すごく仲が良かったこと、父の知らないであろう高校時代の思い出のすべてを話した。閉店ぎりぎりまで。

こんなにも素直に父と話したのは、その日が初めてだった。

コンビ結成

その日は、珍しく午前中に起きた。

「ともくん、ゴハンどうする？　にゅうめん作ろか？」

「いらん。食べてる暇ないねん」

急いでシャワーを浴びて出かける準備をした。その間にママはおにぎりを握ってくれていた。

「ゴメンやけど、千円だけ貸して」

ドライヤーで髪を乾かしながら、返す気もないお金を借りて、河もっちゃんと再会の約束をした淀川河川敷へ足を早めた。

河川敷の土手の斜面に座り込んで、ママが握ったおにぎりを二人でかぶりつきながら、母校のグラウンドから響いてくる後輩たちの打球音を聞いている。毛馬のほとりの淀川を見るのも久しぶりだ。これまでと変わらず川の流れは速かった。

「懐かしいなぁ」

坊主頭だったあの頃のたわいない一つひとつの思い出が、こんなにも笑い合える材料になるのかと感動するほど、僕たちはしゃべり続けた。本当は近況をちゃんと報告し合おうという約束だったのに、二人ともどこかカッコ悪くて、今の自分たちについてはなかなか切り出せないでいた。グラウンドにはお世話になった監督やコーチの姿があるはずなのに、みっともなくて挨拶に行く勇気も出ない。二人のすぐそばの長い長い坂道でダッシュしている後輩たちから目をそらし、「気合い入っとんのぉ」と呟くだけが関の山。「よぉっ！　オマエら頑張ってるかー！」なんて、声を張っては言える立場じゃない。

次第に二人は口数少なになっていった。金属バットの甲高い打球音や野球部員たちの野太い声、空を駆け抜けていく飛行機の音だけが、河川敷に響く。かなりの間があって、河もっちゃんがポツリと僕に呼びかけた。

「なぁ、タカ」

「何、河もっちゃん」

「俺、吉本の学校、入ろうと思ってんねん」

「吉本って、あのお笑いの？」

「……そうや」

一つひとつの言葉をゆっくりと僕に伝えた。

「へぇ、すごいことやろうとしてんねんなぁ。陰ながら応援するわ」

当たり障りのない言葉を返す僕に、河もっちゃんはぐっと強い力のこもった眼差しを向けてきた。

「応援はいらんねん。一緒に応援されたいんや」

言葉の意味がわからなかった。

「これ、ＮＳＣ（吉本総合芸能学院）の願書や」

「ＮＳＣって、何それ？」

「お笑い養成所や」

「え、ええっ、まさか一緒にってこと？」

呆気にとられていた僕に河もっちゃんは続ける。

「一人では行きにくいなぁと思てたけど、バイト先でタカと会ったときに運命感じたんや」

淀川河川敷に響き渡るどんな音も、もう僕の耳には入らない。河もっちゃんが発する声だけが、頭の中でリフレインしていた。

「タカ、俺とコンビ組んで漫才しようぜ」

その言葉を聞いた途端、野球部時代の芸大会で、一緒に先輩の特徴を摑んではモノマネを披露したことや、学園祭や修学旅行で漫才の真似事をしたことが、淀川と同じぐらいの速さで一気に僕の頭の中を映像となって流れた。

「これ、書いといてくれや」

河もっちゃんはもう一度、僕の目の前に願書を差し出した。芸の世界が一体どんなものなのかわからないどころか、ＮＳＣが何の略かさえも知らないけど、すごくすごく楽しそうな気がする。そしてお金を稼げるような気もする。

「……ボクでええんか？」

「オマエしかあかんねん」

僕は河もっちゃんを睨《にら》みつけるぐらいの強さで見つめ返し、NSCの願書を受け取った。コイツとなら上手くいきそうな気がする。何の根拠もないけど、必ずバカ売れする。きっと。

「ボクも行くわ」

僕は運命を共にしようという河もっちゃんの誘いに乗った。その瞬間に、すでに夢を掴み、夢を叶えたような気が満ちた。

毎日ダラダラと過ごすなかで、自分の進むべき道を探していたつもりだったが、何一つとして燃えたぎるものが見つからなかった。いや、真剣になって見つけようとはしていなかったのだ。そうや、これや。これを待ってたんや！　僕も運命を感じた。


「オカン、僕ら漫才師になるねん。さっきコンビ組んだんや」

京橋のマンションに河もっちゃんを連れて戻って、ママにそう告げた。友達の前では「ママ」とは言わずに「オカン」と呼ぶ。ママも僕を「ともくん」ではなく「知浩」と呼んだ。

「ほんまになれるかどうかはわかりませんけど、一生懸命に頑張りますんで」

ふわふわと頼りない僕とは違って、河もっちゃんは真剣な眼差しでママの目を見てそう伝えた。

「知浩を、どうか、どうか宜しくお願いします」

おでこが膝につくぐらい深く、何度も何度もママは頭を垂れた。

「今からコンビ結成記念の宴会をするから、何か作って！」

早速甘える僕の前に、ママの手料理が次々と運ばれてくる。缶ビールを河もっちゃんとコツンと当てあう。

点けっぱなしのテレビに目をやって、河もっちゃんが切り出した。

「最近のお笑いは細分化されてる思うんや。だから俺らもまずは芸風をある程度絞り込んでいったほうがええと思うねん」

河もっちゃんはお笑いをきちんと分析していた。対する僕はお笑いのジャンルがどれくらいあるのかさえもわかっていない。

「そやなぁ。ボクもそう思うわ！」

適当な相槌《あいづち》だけ打って、まだ芸人としてのスタートラインにも立っていないのに、勝利の美酒に酔いしれた気分の僕。冷蔵庫の缶ビールを飲み干すと、河もっちゃんを待たせて、近くの酒屋に缶ビールを買いに走った。もちろんママから頂戴したお金を握って。

酒盛りは何時まで続いただろう。ママが仕事に出掛けるまでは何となく記憶しているが、いつ眠ってしまったのかはまるで記憶にない。絨毯の上には大量のビールの空き缶が散乱していた。

「おはよう。やっと起きたね」

その声が耳に届いたとき、時計に目をやるととっくに昼を過ぎていた。二日酔いが酷《ひど》すぎて、干しエビの出汁が利いているのかどうかもわからない状態で、河もっちゃんと二人、青白い顔をしてママのにゅうめんをすすった。

漫才の練習場所は、高校時代に通い慣れた淀川河川敷だ。河もっちゃんが考えてきたネタを反復練習するという日が続いた。

野球部時代はストライクゾーンまで伸びている雑草を探して素振りを繰り返していたが、今は肩先まで伸びている雑草を探すところから始まる。それをサンパチマイクに見立てて大声を張り上げた。溢《あふ》れんばかりのお客さんで埋まる劇場を想定して練習に励んだ。

アルバイトは、河もっちゃんが見つけてきた建設会社で、一緒に雇ってもらった。日払いのバイト代は、ほぼその日に使うという相変わらずのだらしなさだった。挙げ句、河もっちゃんは休みを取らずに働き続けていたが、僕は、週に三日程度しか働かなかった。

NSCの授業はネタ見せ、発声練習、ジャズダンスが中心で、そのすべての授業に参加する生徒も多かったが、僕と河もっちゃんはネタ見せの授業だけを選んで出席していた。

個性豊かなネタを披露するコンビも数組いて、お笑いをあまり知らない僕はとにかく圧倒されっぱなしだった。授業後は、喫茶店に連れ立って、何時間もお笑いについて語り合う同期に、お笑いの基礎を質問したり、ときには知ったかぶりをして得意気に話しながら時間を過ごす。最初の頃は河もっちゃんもみんなとワイワイやっていたが、月日が経つにつれ、河もっちゃんだけは、その輪から距離を置くようになった。

僕たちの稽古場である淀川河川敷で、陽が暮れても河もっちゃんに指示されるがまま、練習を繰

post card

160 - 0022

恐れ入りますが
62円切手を
お貼り下さい。

東京都新宿区新宿5-18-21

(株)よしもとクリエイティブ・エージェンシー
コンテンツ事業センター 出版セクション

ヨシモトブックス編集部行

フリガナ	性別	年齢
氏名	1.男　2.女	

住所　〒□□□-□□□□

TEL　e-mail　@

職業　会社員・公務員　学生　アルバイト　無職
マスコミ関係者　自営業　教員　主婦　その他（　）

ヨシモトブックス　愛読者カード

ヨシモトブックスの出版物をお買い上げいただき、ありがとうございました。
今後の企画・編集の参考にさせていただきますので、
下記の設問にお答えいただければ幸いです。
なお、お答えいただきましたデータは編集資料以外には使用いたしません。

本のタイトル	お買い上げの時期
通天閣さん 僕とママの、47年	年　　月　　日

■この本を最初に何で知りましたか？

1　雑誌・新聞などの紹介記事で（紙誌名　　　　　　　）
2　テレビ・ラジオなどの紹介で（番組名　　　　　　　）
3　ブログ・ホームページで（ブログ・HP名　　　　　　）
4　書店で見て
5　広告を見て
6　人にすすめられて
7　その他
（　　　　　　　）

■お買い求めの動機は？

1　著者・監修者に興味をもって
2　タイトルに興味をもって
3　内容・テーマに興味をもって
4　書評・紹介記事を読んで
5　その他（　　　　　　　　　　）

■この本をお読みになってのご意見・ご感想をお書きください。

［　　　　　　　　　　　　］

■「こんな本が読みたい」といった企画・アイデアがありましたらぜひ！

［　　　　　　　　　　　　］

★ご協力ありがとうございました。

り返す。

「今のところのツッコミ流れてしもてるやんけ。もう一回やり直しや！」

母校のグラウンドから、円陣を組んだ野球部員たちの「ハイッ！」という透き通った声が二人の耳に届いてくる。

「アイツらの返事ぐらい歯切れのええツッコミしてみろや！　もう一回や！」

河もっちゃんはもうすでにお笑い芸人としてのプロ意識が芽生えている。ただの夢ではなく、それを現実のものとしようという顔つきになっている。流れの速い淀川の波に乗り、大阪湾を目指している。

大阪湾はすべての海に繋がっている。早く大海に出たいと思う気持ちは僕にもあった。でもなかなか実力が伴わず、次第に焦り始めていた。

それでも、僕は、ようやくスタート地点に立ったのだった。

第三章

喪失

一番になるんじゃ！

お笑い養成学校（ＮＳＣ）を卒業した。

卒業公演の日、楽屋には、缶ジュースや栄養ドリンク、たこ焼きや豚まん、お菓子など、出演者の身内や友人からたくさんの差し入れが届けられていた。そのなかに手作りおにぎりがあった。ママが握ったおにぎりだ。僕にはわかる。ママが客席のどこに座っているのかはわからなかったけど、僕は精一杯声を張り上げて荒削りな漫才を披露した。

ママのマンションに帰ると、さり気なく声をかけた。

「今日ボクら、どうやった？」

「ん、何が？　何かあったん？」

ママはとぼけた顔をして振り向いた。

「来てくれてたやろ。おにぎりでわかったよ」

「ごめんね。どうしても観たかってん。ともくんのコンビが一番おもしろかったよ」

大してウケなかったのは本人が一番よくわかっているが、ママの言葉は嬉しかった。

「ママのおにぎりも美味しかったわ」

照れ臭くて、すぐに自分の部屋のベッドに潜《もぐ》り込んだ。布団を被りながらキッチンで翌朝の米をといでいるママに聞いてみた。

「ママはボクが芸人になるってこと反対ちゃうん？」

「反対するわけないやん」

キッチンから小さく届くママの声。

「第一、今さら私がともくんの人生を指図する資格ないしね」

ぎゅっと摑まれたように僕の胸が痛んだ。

「ともくんが選んだ道を応援するしかないのよ」

僕はベッドから飛び起きて、明日の朝食の準備をしているママのそばに立った。ママはやはりしんみりとした表情を浮かべている。思わず告げた。

「ママ、ボクが売れたら面倒みたるからな」

「そんなんいらんよ。ママは一人で生きて、最後はこっそり死んでいくから」

「なに言うてんねん。心配せんでも最後はでっかい葬式あげたるわ！」

「ともくんは優しいね。ありがとう」

ママの暗い表情が笑顔に変わるまで、僕は将来の夢をいっぱい語り続けた。


プロとしてデビューすると、若手に与えられる劇場の一分のネタ枠や、さまざまなイベント、漫才コンクールなどのオーディションにも参加させてもらえるようになった。

オーディションに受かれば天下をとったかのごとく河もっちゃんと大喜びするが、落ちればにわかにコンビ仲には暗雲がさす。そんなコンビは他にもあって、それが原因で解散し、消えていくコンビも少なくなかった。

僕たちコンビはよく「若手にしては漫才上手いなぁ」と褒められた。それはすべて河もっちゃんありき。ツッコミの間や言葉の選択、声のトーンまでを、僕は河もっちゃんから手取り足取りこと細かに指導されていた。

「だからちゃうねん。何回言うたらわかんねん」

デビューしてからも淀川河川敷での特訓は続いている。河もっちゃんの怒鳴り声が、真夜中でも流れの速い淀川に吸い込まれていく。

「ゴメン。もう一回やらして」

一つひとつを身体で覚えるしかない。芸人ごっこをしているレベルだった僕の心にも、いつしかプロ意識というものが芽生えてきた。河もっちゃんはものすごいスピードで進化する。僕も相方の期待に応えようと、とにかく必死だった。

その結果、僕たちは権威ある漫才コンクールで、決勝まで残ることができた。決勝の様子は、テレビでの放送が決まっている。つまり僕らの漫才が初めてテレビに出るのだ。本番までまだ日はあるのに、そのことを考えるだけで心臓がバクバクした。

「デビューしてすぐにここまで来れたのが嬉しいやん」

少し舞い上がり、今後への希望で胸を膨らませている僕。対して河もっちゃんは、気合いを通り越して、目が血走っている。

「相手が先輩でも関係ない。絶対一番になるんじゃ！」

もし僕たちの才能が同等であれば、そんな気持ちも一致していただろう。しかし河もっちゃんと僕のあいだには、能力に明らかな差があった。それをお互いに自覚している。僕が稽古を積み重ねても、その何倍もの早さと強さで突き進もうとする河もっちゃん。その差はなかなか縮まらない。河もっちゃんに追いつけない。

結局、僕たちのコンビは漫才コンクールの入賞を逃した。

「アカンかったけど、めっちゃウケたな。来年は絶対勝てるで！」

小雨の降りだした淀川河川敷で、これからの希望を見いだして呑気に語る僕に、河もっちゃんは怒声を浴びせた。

「お前、悔しないいんかっ！」

「悔しいけどやな、でも……」

僕の言葉の続きを打ち消すように河もっちゃんは叫んだ。

「だからお前はアカンのじゃー！」

何も言葉を返せなかった。二人の関係はそれぞれの速度の違いによって微妙にずれていく。僕はまだ河川敷にいるのに、河もっちゃんは淀川の速い流れに乗ってすでに大海に出たのだろうか。

雨足は次第に強くなり、水滴で歪んだ川面に映し出される二人の姿はぼやけてしまっていた。

「タカ」

「河もっちゃん」

友達だった頃と同じアダ名で呼び合っていたコンビだったが、いつしか互いを名字で呼び合うようになっていった。

同棲生活

僕はNSCの同期生だった女性と付き合うようになった。彼女の実家が神戸のため、交通の便を考慮したふりをして、ほどなく「大阪で一緒に住まへん？」と、同棲を切り出した。

住道の僕の実家近くの木造アパートを借りて、二人の生活がスタートした。

ママの住む京橋のほうが、難波に行くには断然に便利なのだが、その辺りは家賃が住道と比べるとかなり高い。仕方なく選んだのは汲み取り式トイレのボロアパートだった。

「ここからミナミ行くのも、神戸から行くのも時間的にはあんまり変わらんやん」

彼女はよくぼやいていたが……。

その頃の僕は、漫才と遊びに全力を注ぎ、それ以外のことは行き当たりばったりだった。経済的なことは深く考えず、家賃や光熱費をはじめ、諸々のお金はほぼ全額、彼女がアルバイトをして賄ってくれていた。舞台が終わると、彼女は飲食店のアルバイトに向かい、僕は芸人仲間とミナミの繁華街へと消えていく。気が向けば日雇いの仕事で小遣いを稼ぐ程度。

父はどうやら僕が芸人になったことを、回り回った噂で耳にしていたようだ。ある日、躊躇する彼女を、実家の文化住宅に連れていった。ちょうど父は仕事に向かうところだったが、僕たちの顔を見て、中に入るよう、うながした。

「ボク、実は芸人になってんけど、何か言いにくくて」

「もう大人やし、自分の人生は自分で決めたらええけどやな」

父は神妙な顔つきになって言葉を続けた。

「お笑いはそんな簡単な世界やないと思うぞ」

「大丈夫や。もう舞台も出てるし、テレビにもちょくちょく出してもらえてるから」

舞台といっても、劇場の本出番がもらえているわけでもないし、テレビもごくたまに深夜番組にチラッと出演するぐらいで、この業界で食べているにはほど遠い。そんな現状をごまかすように、芸人として充分にやっていけているような口ぶりで、その場を取り繕《つくろ》って安心させようとした。

父は重く複雑な表情を見せた。

「それからな、この子、ボクの彼女やねん。今、一緒に住んでんねん」

僕はさらりと伝えた。

その言葉を聞きつけて、奥の部屋から洋子姉ちゃんが飛んできて、僕を睨みつけた。

「あんた、ええ加減にしいや。どう考えても生活なんかやっていけてないやろ。その子に迷惑かけてるだけちゃうの！」

姉の目は涙で潤んでいた。

「ほんまにもうこれ以上、迷惑かけんといて」

姉の頬に涙がこぼれ落ちる。

「別にこの家で世話になろうなんて、さらさら思ってないわ！」

強く言い返し、僕は彼女に目を向けて、

「これまでも二人でぜんぜんやっていけてたやんのぉ」

と半ば無理やりに頷かせた。

実際のところ、洋子姉ちゃんの言うとおりだった。同棲生活は彼女一人が過酷な思いをしていた。

僕はこれまでと変わらず、後先考えず自由に楽しいことだけを追い求める日々。彼女は自分の今ある状況を冷静に見極めて、自らは芸人の道を諦めて、これまで以上にバイトに精を出してくれていた。

そんな彼女に対して感謝もねぎらいの言葉も向けず、終電がなくなっても、芸人仲間と始発の時間まで繁華街をあてもなくぶらぶらする僕。

同棲するようになってからは、ほとんどママのマンションには立ち寄らなくなったが、夜中まで遊びまくって疲れ果てたときだけは、自宅に戻らずママのマンションに泊まった。

冷蔵庫には必ずママ特製のグレープフルーツジュースが冷やされている。僕はコップにも注がずにそれをらっぱ飲みしながら、ママの置き手紙に目を通す。

「近くの公園の桜は満開でしたよ。ともくんも笑顔満開でいてるかな？」

とりあえずは目を通したという印に手紙の端を折り曲げる。でも、その行為に高校生の頃のような甘い気持ちは含まれていない。

「何を気持ち悪いこと書いてんねん！」

呟きではなく、誰もいないキッチンだが若手芸人らしくしっかりと声を張って、その置き手紙にツッコミを入れてみたりした。

テーブルの上に置いてあるカゴの中には、ママが僕宛に書いた置き手紙が山積みになっている。邪魔くさいと思いつつ、順に目を通していく。

「ともくん、最近はぜんぜん帰ってこないね。忙しいのかな？　少し心配です」

「今日、ともくんが何となく帰って来そうな気がして、おにぎり握っておきました。女のカンです」

「女のカンは当たらないね。おにぎりはママの朝ごはんにします」

「ともくんが出てるテレビみたよ。ほんの少しだけだったけど、ともくんをみれてママはうれしかったです」

「今日は忙しくておにぎり用意してないけど、かんにんね。まぁ今日も帰ってこないよね。でも、もし帰ってきてたら、かんにんしてね」

「ともくん、季節の変わり目は肌が乾燥しやすいからニベアクリーム買っときました。カバンに入れといてね」

「やっぱり帰ってこれなかったんだね。もっとたくさんテレビでともくんをみたいな〜」

読んでも読んでも、カゴの中にはまだまだたくさんの置き手紙が残っている。

「どれほどメモるん好っきゃねん！」

また誰もいないキッチンでツッコミを入れ、芸人気分に浸った。キリがないので、手紙に目を通す作業と端を折る作業はそこまでにして眠りについた。

目覚めると、もうママがおにぎりを用意してくれていた。

「ともくん、ホント久しぶりやね〜。元気にしてた？」

ママはこちらが居心地悪くなるほどに笑顔だった。テーブルに両肘をついて、おにぎりにかぶりついてる僕の顔をじっと見つめている。僕はそのことに気づいているが、あえて目は合わさずにガツガツと食べ続けた。

「お腹空いてるんやね。にゅうめんも作ろか？」

「大丈夫。これ食べたらすぐに行くわ」

「仕事なん？　忙しいね」

ママは僕を見つめたまま、同じ姿勢でニコニコしている。

「仕事ちゃうよ。早く家帰らなアカンねん。昨日連絡してへんかったから彼女が心配してる思うねん」

「えっ、彼女？　ともくん、彼女出来たん？」

ママは少し驚いた表情を浮かべたが、またすぐに柔らかな笑顔に戻った。

ママだけは反対しない。僕のすることに何も言わないと僕はわかっている。すでに三つ目のおにぎりを頬張りながら、彼女との出会いから同棲に至るまでのいきさつを報告した。

「近々連れてくるわ。会ったってぇや」

「楽しみにしてるね。ともくんの彼女か〜。どんな子やろ？」

ママはようやく僕から視線を外し、天井を見つめて頬を緩ませた。

「近々」と言いつつ、彼女をママに会わせたのは、その日から一カ月以上も経ってからだった。テーブルの上のカゴの中にはまたたくさんの置き手紙がたまっているのが目に入った。

「初めまして……」

緊張で表情を強ばらせながら、彼女はママに頭を下げた。ママはおでこが膝につくぐらいのお得意の挨拶を何度も何度も繰り返している。

「もう恥ずかしいからやめてぇや」

僕は少し赤面しながらママを制した。この挨拶をするときはいつも涙ぐんでいることが多いのだが、今回はずっと顔をほころばせたままだった。

「あの、これ、カーネーションなんですが。もし、よければ」

用意していた一輪の花を、彼女が遠慮がちにママに手渡す。

「うわ～、嬉しいわ～！　ホントにもらっていいの～？」

ママはこちらが感激するほど喜んでいる。

「私ね、母の日にプレゼントもらったんは初めてで……」

キョトンとする彼女に、またもおでこが膝につくぐらいの得意技を何度も何度も繰り返し、結局は涙を流していつもどおりのお辞儀セットが仕上がった。

「ボクが子どものときに離婚して、ボクらはオヤジと暮らしてたから、誰からも母の日のプレゼントはもらったことないねん」

僕はママの涙をフォローするように口早に説明した。

「でも、知浩くん、お母様とは高校の時にバッタリ会ったって言うてたやんね？」

「おぉ、そうや。この前言うたよな。それがどないしたん？」

「きょうだいは渡されへんのんわかるけど、あんたはなんぼでも渡すタイミングあったやん」

僕は、思わず閉口した。

「その日から何年経ってるのん！」

「えーっと、高二は十七歳やから……」

「いちいち数えんでもええわ！」

僕を見る彼女の目は冷ややかだった。でもそんな二人を眺めながら、いつの間にかまた笑顔を取り戻したママが、にっこり白い歯をのぞかせていた。

楽屋の罵声

その日は待ち合わせの時間よりずいぶん早く、母校裏の淀川河川敷に到着した。

若手のみが出演する劇場では先輩方とも少しずつ打ち解けて、僕たちコンビは後輩からは「兄さん」と呼ばれる立場になっていた。

その頃になると、ネタ合わせは劇場の大部屋や屋上、関係者専用通路などでするようになっていたが、この日は河本にどうしても伝えておかねばならないことがあった。それは劇場ではなかなか口にしづらいことだった。

予定の時間より少し遅れて相方が現れた。いつもなら肩先まで伸びている雑草を探すところから始まるが、この日は土手に座り込んで、まず僕の話を聞いてもらった。

「あと数カ月で子ども産まれんねん」

河本も同期の仲間から聞いて薄々気づいていただろうが、面と向かって僕の口から報告するのはこれが初めてだった。

「何となく知ってたけど、生活どうすんねん？」

「まぁ、なんとかなると思うわ」

どこまでも能天気な僕だった。

「産まれたら連れてくるから会ったってな」

照れを隠すように平然とそう言うと、驚くような言葉が返ってきた。

「……俺は会いたくない」

次の言葉が出なかった。

年々芸人の数が激増するなか、自分たちはようやく若い世代の女の子を中心に支持されだして、先輩からも認められつつある。コンビが少しずつ輝いてきた。そんなときに嫁や子どもといった所帯じみた話をしていたら、たちまちスタート地点に戻ってしまう。プライベートの話はシャットアウトしないと、過酷で厳しいお笑いの世界ではやっていけない。

そんな河本の言葉が、僕の胸に深く深く突き刺さった。

「わかった。絶対、迷惑はかけへんようにするわ」

自分に言い聞かせるように、相方に強く誓った。以降は、子どもを会わせるどころか、子どもの話題にも触れないようにした。

「売れたら勝ちや。売れるまでの辛抱や。売れたら何でも自由や」

河川敷はいつの間にか闇に包まれていた。僕はいつも以上に声を張り上げて、流れが速いのかどうかも確認できない暗い川の流れにその声をぶちこんだ。


ママとは会わない日が続いた。

会うとつい甘えてしまい、自立しつつある現在の精神状態が崩れてしまいそうな気がしていたからだ。加えて守っていかねばならない僕自身の家庭ができたので、時間的な余裕もなかった。

僕と河本は、関西でいくつかある漫才コンクールの賞を総なめにして、劇場出番やレギュラー番組をどんどん増やしていた。淀川河川敷に行く時間もないほど、スケジュールは詰まっていく。

「まだ足りない。まだ足りない……」

相方はいつもギラギラした目で、すべての仕事に全力で立ち向かっていた。誰にも負けたくないという思いが、ひしひしと感じ取れる。僕もサボっているわけではない。自分で言うことではないが、むしろ頑張っている。すこし前までのように、なんの目的もなく、ママに依存して、その場だけの楽しさを追い求めるような生活に戻るのは願い下げだ。

「お前、さっきのんなんやねん！　もっとボケの笑いを増幅させるようにツッコミ入れろや！」

楽屋の隅にまで河本の罵声が響く。僕はもう何も言い返さないようになっていた。反発すればそれが引き金となって何日もコンビの空気が淀んでしまう。そっちのほうがキツい。心がヘトヘトになりながらも相方を信じて懸命について行った。

おそらくママのマンションでは、カゴの中にたくさんの置き手紙が重ねられているだろう。無駄にしたおにぎりも数多かったに違いない。

そんなことを想像してふとママの寂しげな顔が脳裏に浮かぶ。それでも今は全速力で突っ走りたい。淀川の流れのように速くなりたい。のんびりしていると、新しい家族までも犠牲者として巻き込んでしまう。それだけはしたくなかった。

「お前、もっと努力せえやー。テレビとか観てるか⁉」

河本の容赦ない罵声に心が折れそうになるが、それを跳ね返すように練習に励んだ。でも、努力はなかなか結果として表れてこない。苦しい……。

劇場のあるミナミから、夜風にあたりつつ、あてもなくぶらぶらと歩く。見上げた通天閣さんの電飾は涙を示す青になっている。ほどなく雨が降りだした。

今は我慢するとき。この雨を恵みの雨として根を伸ばしていくとき。そう肝に銘じた。

坂本のオッチャン

「知浩くん、ママから電話やで」

乳飲み子を抱えた嫁に起こされ、寝ぼけながら受話器を握った。

「もしもし、元気にしてる～！」

やたらとテンションの高いママの声が僕の鼓膜《こまく》に切り込んでくる。昨夜も勤め先のスナックで飲みすぎて、まだアルコールが残っているのだろう。受話器を耳から少し離した。

「最近ぜんぜんママの家に行ってなくてゴメンなぁ」

声は連日の舞台でかすれまくっていた。そんなことに構いもせず、ママがかぶせてくる。

「あのね～、実はママ、引っ越すんよ～！」

「そうなんや。どこに？」

「同じく京橋やけど、ええとこ見つけたんよ～！」

変わらずママの声はでかい。がらがら声の僕よりも芸人声だ。

「じゃあ、また顔出すわな」

「それがやな、来てもらっても部屋にはあげられへんねん。堪忍な」

急にママの声の音量が下がったので、慌てて受話器を耳に近づけた。

「なんやねんな、その訳ありな感じは……」

「そうー、その訳あり！　堪忍ね〜。訳ありなんよ〜！」

ママの声量が戻ったので、再び受話器を耳から少し離す。

「なんか嬉しいことでもあったんか？」

「せいかーい！　さっすがともくん。とにかく家には絶対に来たらアカンで！　こっちから連絡して会いに行くから」

「引っ越し先わからんのに行かれへんわな……」

喧《やかま》しすぎる受話器を置く頃には、すっかり目が覚めて、ママに対して少々苛立った。

「何かあったん？」

「いや、大したことない話やったわ」

「引っ越しがどうのこうのって言うてたやん……」

「まあ、オトコでもできたんちゃうか……」

今の僕は毎日の仕事をこなすことで精一杯だ。ママのことをいちいち気にしている余裕などない。もやもやした気持ちのままもう一度布団に潜り込んだが、案の定まったく寝つけなかった。

ママに感化されたわけではないが、僕たちも住道のボロアパートから大阪市内の桃谷駅まで徒歩五分くらいのマンションに引っ越した。そこだと劇場から歩いて帰ろうと思えばなんとかなるし、深夜まで続くユニットコントなどの稽古後や、イベントの打ち上げ後もいちいち終電の時間を気にしなくてもいい。マンションは桃谷駅まで続く商店街の一角なので、生活にはとても便利だ。

僕はよくその商店街をぶらぶら歩いて、店先のたこ焼きやコロッケを指差し、「おばちゃーん、これ、全部ください」と買い占めたりした。

「芸人さんは豪快ですね〜」

店主さんから届くその言葉がひじょうに心地よい。

でも手土産に持ち帰ったところで食べきれず、すっかり水分が抜けて固くなっているたこ焼きやコロッケは僕の夜食と朝食になる。小さな見栄を張り、自分を大きく見せようとしたことを情けなく反省するが、数日経てばまた同じことを繰り返した。


その頃、父にも変化があった。営んでいた居酒屋を畳んで、友人である坂本のオッチャンが経営するヒナセ金属製作所に会社員として勤め始めたのだ。

かつて、高山家が夜逃げのように住道に引っ越してきたとき、住居の世話をしてくれたのは坂本のオッチャンだし、廃品回収業の軽トラックの費用も立て替えてくれていたことだろう。父は廃品回収業と石焼きイモ屋で何とか食い繋いでいたが、猛暑が続く夏場になると石焼きイモがまったく売れないので、夏期三カ月ほどだけ石焼きイモ屋を休業し、ヒナセ金属製作所で夜勤をさせてもらっていた。石焼きイモの売り上げが芳しくない日は、坂本のオッチャンが買ってくれたりもしたと思う。いつも高山家がお世話になりっぱなしの、坂本のオッチャン。父とは高校時代の同級生だ。

坂本のオッチャンは、よく僕たちきょうだいを自宅に招いて、たくさんの料理を振る舞ってくれた。食卓には坂本のオバチャンの手料理が次々に運ばれてくる。僕たちは無我夢中で食べ続ける。ある日なんかは、玄関のチャイムが鳴り、坂本のオバチャンがオカモチを持って食卓に戻ってきた。

「みんな〜、うな重きたよ〜！」

「う、う、うな重〜!?」

僕たちは思わず箸を止めた。いつも行く銭湯の近くにあるうなぎ専門店のうなぎだ。

その前を通るといつもものすごくいいにおいがして、思わず大きく深呼吸をしていた。うなぎの存在を知らない僕が「うなぎって何なん？」と、父に興味津々で聞いたことがある。

「うなぎ言うのはな、まむしのことや。ヘビや。毒ヘビやから子どもは食べたらあかんねん」

「そっか、大人の食べもんか。じゃあ大人になるまでのガマンやな」

肩を落として諦めていた僕。その大人の食べもんが目の前に登場した。重箱の蓋を開けると、湯気とともにたまらなく食欲をそそる香りが僕の嗅覚を刺激する。

「今日はな、子どもでも特別に食べてもいい日やぞ」

笑顔の坂本のオッチャンからお達しがでた。もうお腹がいっぱいのはずなのに、きょうだいで奪い合うように食べた。

「どや、香ばしいやろ？」

「ホンマや！　すごいこうばしいわ！」

香ばしいという言葉の意味もわからぬまま、その形容詞を連呼した。

僕が芸人の道を選んだときも、坂本のオッチャンは反対しなかった。それどころか、少しテレビに出始めた僕たちコンビを呼び出して、「お前らいっつもおんなじ衣装ばっかり着とるがな。買いに行くぞ」と、心斎橋のコム・デ・ギャルソンでスーツを買ってプレゼントしてくれた。嬉しくて仕方なくて、コンビ揃ってそのスーツばかりを着用していた。

あげればきりがない。坂本のオッチャンには大変お世話になった。今回も、本来ならば若い新入社員を採用するところを、当時五十歳を過ぎていた父を雇ってくれたのだ。父は毎朝、ヒナセ金属製作所のロゴの入った作業服に袖を通し、張り切って会社へと向かっていると姉から聞き、僕は坂本のオッチャンに深く深く感謝した。

もし坂本のオッチャンと父が出会っていなければ、高山家は間違いなく路頭に迷っていただろう。

なんでそんなに生き急ぐねん

若手のみが出演する劇場では、漫才はさほど上手くなくともコントは爆発的にウケるコンビが何組か存在した。僕たちは漫才もコントもこなしていたが、NSC入学前に、河本が口にしたように、お笑いは細分化され始めていた。

河本は、デビューしてからも、お笑いに対する考察や、他のコンビのネタ分析に余念がない。そして、いつもピリピリしていた。苛立っているときは僕を「お前」と呼び、普通のときは「高山」と呼ぶ。そして、すこぶる機嫌の良いときは「相棒」と呼んでいた。僕は呼び方の違いで、河本の精神状態を判断して対応した。

僕もネタ出しをした。しかし書いた新ネタを読み終えると、たいてい容赦ない酷評が下された。

「お前って、役に立たんのぉ。片手間に書いたんかいっ！」

僕にも、ちっぽけなプライドはあった。拳を握りしめ、ひたすら我慢する。

仕事が増えるに従って、プレッシャーでイライラはますます募り、二人の間の亀裂が深まっていく。どのコンビもそうなのだろうか。僕たちだけがこうなのだろうか。この苦しすぎる時期はいつか過ぎるのだろうか……。

いたたまれない気持ちをクールダウンさせるために、後輩を連れてミナミの繁華街へ飲みに出る。僕は僕で、自らの精神的なバランスをとるためにコントロールしていたのだ。

ある日の出番終わり、誰もいなくなった楽屋で、河本は真剣な面持ちでポツリと呟いた。

「勝てるところで勝負や……」

勝てるところ。河本にとって、それは若手のみが漫才やコントで競い合うこの劇場ではない。コントは一切捨てて、漫才だけを武器に戦っていく。それが河本の決断だ。バラエティー番組などには出演するが、ネタは漫才しかしない。

「この劇場、卒業しよか」

僕は驚かなかった。以前からなんとなくそんな感じはしていた。

ただ、卒業ということは、この劇場で収録しているいくつかの番組も降板することになる。僕は結婚もして子どももいる。

意見したいことはいくつもあったが、口には出さなかった。河本が決めた道について行く。相方の才能があったからこそ、僕も一緒にここまでこられた。僕一人の才能では到底無理だったのだ。もし河本が僕のペースに合わせてしまえば、僕たちはごく普通の芸人人生で終わるかもしれない。相方が抱いている大きな夢には届かない。好きにしてくれ。自分が思ったとおりに突き進んでくれ。どんなイバラの道に迷い込んでしまおうと、僕はついて行くから。ついて行くしかないから。

でも河本、一つだけ聞かせてくれ。なんでそんなに生き急ぐねん。


河本は売れるための努力を惜しまなかった。例えば、高校時代には八十キロ以上あった体重を一気に十キロほど落とし、「外見から変わる」ことも重視した。真っ直ぐ前に突き進んでいく最中、河本がよく飲みに連れ歩いている後輩から、気になることを耳にした。

「河本兄さん、お酒飲んだら身体中に赤い斑点が出はるんですよ」

直接訊ねても、返ってくるのは怒りの言葉だった。

「オマエ、人のこと心配してる場合か。そんな暇あったら努力せえ！」

「でも危険信号出てるみたいやし、ちょっとは身体を休めたほうがええんちゃうか？　飲みすぎ注意やで」

「危険信号？　飲みすぎ注意？　オマエ、言葉の選択がダサいんじゃ！」

コンビの力関係はすでに決まってしまっている。たとえ、それが相方の体調を憂慮する言葉であっても、異を唱えることなどできない立場の僕。

何をするにしても河本はいつも全速力で走り続ける。人が十年で築き上げることを、七年八年でできれば一流だと僕は思う。もし五年で築き上げたら天才だ。でも河本はそれよりも、もっともっと早いスピードで達成しようとしている。果たして、河本の身体はそれについていけてるのか……。

相方の僕にだけでいいから教えてくれ。

河本、なんでそんなに生き急ぐねん。そんなに生き急いでどこいくねん。なあ、相方よ。

不安と異変

モヤモヤした気持ちのまま仕事を終えて、真っ直ぐ帰宅したある日。上の空状態でぼんやりとしていると、大量のグレープフルーツを買い込んだママがやって来た。一目見てぎょっとした。これまでも派手な装いだったが、見ているだけで頭が痛くなるような水商売風の服で身を包んでいる。原色が入り混じったセンスのなさすぎるコーディネート。でもその日の僕は指摘する気力もない。

「グレープフルーツは、ミカンよりビタミンが豊富やで」

ママはグレープフルーツを絞って娘にジュースを与えようとするが、幼児には酸味が強すぎるのか口にしようとしない。そもそもグレープフルーツがミカンよりビタミンが豊富という情報も定かではない。そんなママの様子を見て、ふと劇場の客席で目にするママの姿を思い出した。

若年層で埋めつくされる客席で浮きまくっているサイケデリックな服装のオバサン。顔の半分以上を占めてしまうほど大きなサングラスをかけて、僕にバレないように変装しているつもりだったのだろう。楽屋でも話題に上ったがひたすら他人を装った。

ママが観に来ていたその舞台にもう立てないようになることへの寂しさが急激に襲ってきて、ママを相手に缶ビールを何本も開けた。冷蔵庫のビールがすべてなくなると、ママを連れて桃谷商店街の酒屋へと向かい、缶ビールを買って帰ってまた飲んだ。それを一晩で何度も繰り返し、心のモヤモヤを吹き消した。いつもは酔っ払ったママに牙を剝いていたが、この日は僕の泥酔の相手をしてもらう。情けないと思う余裕もないほどに、情けなかった。

服装もそうだが、この頃のママの言動には、違和感を覚えることが少なくなかった。

帰宅すると玄関前に真っ赤っかの服を着た怪しい人物がいる。僕の気配を感じてその人物が振り向いた。鬼のお面を被っているが、フォルムには見覚えがある。

「あら、ともくん、帰ってきたん？」

お面をつけたままなので声がくぐもっているが、ママに間違いないようだ。

「こんな時間に何してんねんな？」

「見たらわかるやろ。節分やん。今から豆まきするよ」

「え、もうすぐ五月やで……」

なぜか嫌がるママの手を引っ張って、リビングに連れて上がった。

「鬼は～外、福は～内」

豆を投げつけられるのではなく、赤鬼自らが豆を室内にばらまいている。しかもその豆は節分用のものではなく、お酒のアテなどで出される味付けされた豆。ママが帰ったら掃除機をかけるだけでなく、拭き掃除までしなくてはならない。嫁はうんざりしている。

季節外れの節分イベントを終えたママはお面を頭にずらして、リボンのついた長細い箱を二つ、僕の前に差し出した。

「ジャーン！　ともくんにバレンタイン！」

またも季節外れのイベントだ。箱の中にはネクタイが入っていた。しかも河本のぶんも。

「バレンタインやからハート模様にしたんよ」

「う、うん。ありがとう……」

「コンビ揃って、これつけて舞台上がったらセクシーやと思うよ」

お洒落に対してかなり鈍感な僕でさえも、これはさすがにダサいとわかる。

「河もっちゃんも喜んでくれるやろか？」

少し不安げに僕の顔を覗きこむママ。このネクタイを河本に差し出せばもちろん受け取ってはくれるだろうが、おそらく一生締めることはないと簡単に予想できる。それよりも、またコンビがぶつかり合ったときなどに、このハート模様のネクタイまで持ち出されてしまうのではと考えると、さすがに渡す気になれない。

「相方にはまた渡しとくわな」

「嬉しいわ〜！　ありがとね」

僕がママに作り笑顔を向けると、ママは本気の笑顔で喜んでいる。

やっぱり、ママは明らかに少しおかしい。

でも河本に対しても、ママに対しても、僕は意見を言える立場ではない。自分自身のほうがもがき苦しんでいる。

何か目に見えない不安感が僕の心を支配し、疲れているのになかなか眠りにつけない日が続いた。

ようやく猛暑が過ぎ去り、夜風がひんやり頬をなでる十月初旬。ママは嫁と一緒に長女の運動会へと足を運んでいた。新たに生まれた小さな二女をおぶり、いつもと変わらぬ派手な服装で、お気に入りの大きなサングラスを着用し、保育園の小さな運動場で声援を送っていたそうだ。

「どんだけ酒臭かったか……」

帰宅早々、嫁はため息を漏らした。

お酒が入るとかなり声がでかくなるママ。娘が出場するかけっこでは「そんな子らに負けるなよ～っ！」と声を張り上げて注目を浴び、周囲から白い目で見られる。またＰＴＡが参加する玉入れでは、嫁の代わりに出場して本気になって玉を投げている。他の父兄たちは笑顔で楽しんでいるのに、一人必死になっているママの姿を見ていられなくて、嫁は思わず他人のふりをしたそうだ。玉入れに出場したママは赤組だったが、僅差で白組が勝った。

「ゴメンね～、おばあちゃん頑張ったんやけど負けてしもて……堪忍ね」

長女を抱きしめて涙を流すママ。その一部始終を僕に伝える嫁の感情は、嘆きを通り越して怒りに変わっていた。僕は素直に思った。その場にいなくて良かったと……。

運動会が終わるとママは娘二人を、京橋のホテルへと連れていったそうだ。

「頑張ったから、ご褒美したらなあかんやろ」

「ママ、酔ってるけどほんまに大丈夫か？」

「大丈夫や。責任もって連れて帰るから」

とはいえ訳ありのため自宅には連れて帰れないらしい。僕もママが引っ越した家には一度も行ったことがない。翌日、ママは娘二人を連れて桃谷のマンションまで戻ってきた。

「このお金どうしたんや？」

娘二人のポケットには、しわくちゃになった千円札が何枚も突っ込まれている。

「昨日、カラオケ歌わしたろと思って、行きつけのスナック連れていってあげたんよ」

「ス、スナック？」

「うん。そやで。《ピーヒャラピーヒャラ》って、ポンポコリンの歌を二人が歌ったら、みんながえらい可愛い可愛い言うて喜んでやなあ。この子らよう稼ぐわ」

「あのなぁママ、子どもをスナックになんか連れていったらあかんやろ」

爆発しそうな怒りをなんとか抑えて、ママを諭した。

「ママの様子、やっぱり最近ちょっとおかしない？」

ママが帰ったあと、嫁が心配そうに呟いた。確かにおかしい。昔から破天荒な部分はちらほら見え隠れもしていたが、特に最近のママはおかしすぎる。

「アルコール中毒とかとちゃう？　近いうちに病院連れていってあげたら？」

「ほんまやなぁ。今度連れていくわ」

軽く返事をしたものの、その時間を作ることが難しくなるほど衝撃的な出来事が、僕を待ち構えていた。そんなことを予想だにしていなかった僕は、本当に鈍感だったのだ。

突然の病

若手のみが出演する劇場を卒業して、僕たちコンビは新たなスタートを切った。

一緒に舞台に立っていたメンバーは当然のように不思議がり、東京に行くのかと聞かれることもしばしば。反応はさまざまだった。「そんな焦る必要がどこにあんねん」と先輩方はいろいろと気にかけてくれて、「でもまぁ、お前らやったら大丈夫やろ」、そんな嬉しい言葉もいただいた。

劇場での番組収録からは外れたが、それ以外のレギュラーは継続。ただそれさえも「いつゼロになるかもしれない」という危機感を持って、全身全霊で取り組んだ。

それまであまり機会のなかった、幅広い年齢層の男女で埋め尽くされた大きな劇場の舞台にも挑戦するようになった。僕たちはあくまで正統派漫才にこだわった。

その大きな劇場で場数を踏むうちに、僕らが舞台に飛び出すと同時に大きな拍手が起こるようになった。見せ方を新しく工夫すれば正統派漫才にも新しい笑いが生まれるのだ。手応えを摑んだ。このまま一気に突き進める気がする。出演後の薄暗い舞台袖で、二人は久しぶりに笑い合った。コンビが一つになってきた、と実感した……はずだった。

早朝にかかってきた一本の電話。河本が病院に運ばれたという。

何がなんやらわからないまま慌てて病院に走る。案内された病室には、すでに診察を終えてベッドに横たわっている相方の姿があった。少し話をすることができたが、その声はかすれ気味でとても弱々しかった。昼過ぎになって河本の担当医から、話があると声をかけられた。別室で告げられた病名は肝炎だった。

「ただ、肝炎と言っても、肝臓の数値が普通では考えられないくらいに高いんです」

「どれくらい入院せなダメなんですか」

担当医はカルテに目を落としたまま淡々と僕に告げた。

「順調に回復しても半年、いや、一年以上と思っておいてください」

息が止まった。冷水を浴びた思いがして、言葉が出ない。長い。長すぎる……。

一年以上もコンビとしての活動ができなければ、ようやく順調に流れ始めた僕らの川の勢いはストップしてしまう。それどころか、サイクルの早い芸能界では、一年も姿を見せなければすっかり過去の人になるだろう。一年後に、また一からやり直すのか……。勘弁してくれや、河本……。やりきれない気持ちに襲われた。

呆然とした足取りで、相方が待つ病室に戻る。扉を開ける音で相方が目を覚ました。

「先生、何て言うてた？」

一瞬どう答えるか迷ったが、だめだ。正直には言えない。

「先生、二週間ぐらいで退院できるて言うてたわ」

「俺、そんなに悪いんか……」

河本はその二週間でさえ長すぎると感じている。そんな彼にはやはり本当のことを伝えることはできない。帰宅して、嫁にはすべてを率直に伝えた。彼女は何も言葉にせず、ただただ心配そうな顔つきで僕を見つめている。

「大丈夫や。病院の先生ってオーバーに言うねん。アイツも野球部やったから体力あるし、絶対に回復も早いと思うわ」

僕は嫁の目を力強くのぞきこんで、嫁を励ますように、自分自身にも言い聞かせた。

しばらくは一人で仕事をこなすことになった。僕はまず携帯電話を買いに走った。これで何かあっても、すぐに対応できる。初めて手にした携帯電話の取り扱い説明書に目を通しながら、電話が鳴らないことを祈る。そんな僕の気持ちをよそに、携帯電話はすぐに呼び出し音を響かせた。

「さっき意識がなくなって、ＩＣＵ（集中治療室）に運ばれて……」

河本の身内からの聞き取れないぐらいの小さな声。

とてつもない衝撃が僕の全身に襲いかかる。なんでや！

仕事が片付くと、僕はその足で病院へと急いだ。河本がいるというＩＣＵには、予防衣で全身を覆わなければ入室させてもらえない。河本はそんなに危ない状態なのか。

ベッドで河本が静かに眠っている。いや、眠っているのではない。信じたくはないが意識不明の状態。流れ落ちる涙が、僕の頬を伝ってマスクに染みていく。河本の手を強く握りしめながら、僕の持っている元気が少しでも河本の体内に入りますように……。そう祈り続けた。祈ることしかできなかった。

河本の病名が、ただの肝炎ではなく劇症肝炎であることが判明した。現在の医療なら、最悪の事態は避けられたかもしれないが、当時は約半数の確率で死に至るというとても恐ろしい病だ。

「完治する確率はひじょうに低いです。命を取り留めたとしても、この状態が続けば脳に何らかの障害が残るでしょう」

担当医の説明に、全身に強い電流が走り、涙が止まらない。

僕は仕事が終わっても家には戻らず、河本が眠るＩＣＵのそばにある長椅子で寝泊まりをすることにした。ときどきＩＣＵに入っては、物言わぬ相方に心の中で話しかけ続けた。

これからが大切なときやって、お前が言うてたやんけ。なあ、聞いてるか。

会う人会う人みんなに、大丈夫ですから心配せんとってください、そう言うてしまってんねん。このままやったらみんなに会わす顔がないんや。お前もこのまま終わりたないやろ。カッコつかんやろ。だから起きろや。いつまで寝とんねん！

「はよ起きてくれや、河本！」

来る日も来る日もその長椅子で夜を過ごし、相方が目を覚ますのを待ち続けた。

絶望

担当医師から、また別室に呼び出された。

「河本栄得さんは自発的に呼吸ができなくなりました。危篤状態です」

言葉を失う。

それまでは鼻に通した管から酸素を体内に運び込んではいたが、まだ二割ほどは自発的に呼吸ができていた。しかし今朝から、それが一切なくなったという。自発呼吸が不可能ということは一生寝たきりの状態。もう二度と立ち上がれない。もう二度と漫才はできない。もう二度と会話を交わすことすらできない……。

これほど痛烈な絶望感に襲われたことはなかった。子どもの頃、ママが出て行ったときでさえ、ここまでの苦しみと絶望を感じてはいなかっただろう。

「はい。これ、おにぎり」

いつの間にか嫁が長椅子のそばに立っていた。目の前におにぎりが差し出されるまで、周囲の気配を感じないほどただ呆然と気力を奪われていた僕。

「あんた、ちゃんとご飯食べてへんやろ」

いつ食べものを口にしたかなんてか覚えていない。そういえばお腹がぺこぺこのようだ。おにぎりにがっつきながら、嫁に伝える。

「アイツ、めっちゃ頭クサなってるから、シャンプー買っといたってくれや」

「明日はヤンマガの発売日やから手に入れといたってくれ」

「家からデッキ持ってきたって。アイツ、寝てるだけやったら退屈やろうし」

「コンビニでシャーペンとノート買っといて。目ぇ覚ましたらネタ書くやろうからな」

河本が元気になる願望を乗せた僕の一言一言に、嫁は黙って耳を傾けていてくれた。

気づけばまた朝が来て、そこは変わらずＩＣＵの長椅子だった。この現実が信じられない、信じたくないと、僕はまだ、受け入れることができなかった。

その日の仕事終わりにも、直接、病院に向かった。

「高山くん、また戻って来てくれたんかいな」

連日、息子のそばで看病を続ける、河本のお母さんが声をかけてくれた。その周囲には、河本の親戚であろう数人が立っている。

「高山くんも、一緒にご飯食べに行こか？」

河本のお母さんは、比較的元気に見えたが、それは、見舞いに訪れた親戚の人たちが滅入ってしまわないよう、無理をして気を張って、元気に見せかけているだけだった。

「ぜんぜんご飯食べてへんのとちゃう？　えらいほっぺた、細なって」

遠慮する僕を誘って、近くの焼肉店に連れて行ってくれた。テキパキとお肉を焼きながら、河本のお母さんは、集まった親戚と話している。

重苦しくならないよう、一人、お母さんはしゃべり続けた。

「みんなゴメンやで～。心配かけて。ほんま栄得は、みんなに迷惑かけて……。しっかりせなアカンわ。なぁ、高山くん」

みんなのお皿に、焼き上がったお肉を入れながら、きわめて明るく振る舞っていた。

「高山くん、今日は帰っときや。たまには布団で寝な、風邪ひくで」

お母さんの言葉に甘えて、その夜は帰ることにした。久しぶりにゆっくり湯船に浸かって、風呂上がりにテレビを観ていたが、どうしても、相方のことが気になってしまう。

「ちょっと病院行ってくるわ」

何もしてあげられないとわかっていたが、とりあえず、病院に向かった。

「おやすみ」を言おうと、ＩＣＵへ入ると、河本のお母さんがいた。

僕は、少し離れたところに立って、様子をうかがう。

お母さんは、目を真っ赤にして、息子の顔や身体を、丁寧にタオルで拭いていた。

みんなの前では気丈に振る舞っていたお母さんが、息子の頰を撫でながら、泣いている。ときどき、息子のおでこに自分のおでこをくっつけては、しくしくと泣いている。

「栄得、堪忍な。気づいてやれんと、堪忍な……」

僕のママも、「堪忍な」という言葉をよく使った。

二人の母親が、僕の中で重なって、行き場のない悲しみと愛情の狭間で、心が溺《おぼ》れる。

長い一日の終わり。母子が一緒にいられる、短い時間。ここは邪魔をしないでおこうと、僕は踵《きびす》を返した。

どんな母親も、我が子を思う気持ちは、海よりも深く、空よりも高い。そして、男には到底かなわないような強さがある。

河本のお母さんを見ながら、僕はふと、ママを見ているような錯覚に陥《おちい》った。

25歳と364日

いくら耳元で声を掛けても反応を見せることのない河本。思い昂じて鼓膜が破れるぐらいに叫んでも、河本はただ静かに眠り続けている。日を追うごとに顔の黄疸《おうだん》が強くなり、唇はカサカサになってひび割れてしまった。

河本、漫才ができなくてもええやん。その代わり生きといてくれよ。

河本、お前はいつも目を閉じて眠ってるけど、ボクの心の中の声は届いてるよな。

今までは仕事のパートナーやったけど、これからは仕事なんて関係ないから、高校の野球部時代の仲に戻ろうや。今から「河本」やなくて、昔みたいに「河もっちゃん」て呼ぶわな。タカと河もっちゃんの関係に戻ろうぜ。な、河もっちゃん。

数年前、淀川河川敷で子どもが生まれること報告したけど、僕が期待してた反応が返ってけーへんかったやろ。バカ正直にこれまで一度も河もっちゃんに娘を会わす機会を作らんかってごめんな。今さらやけど、会わせればよかったな。河もっちゃんてほんまはすごくすごく優しいもんな。会わせてたら、きっと笑って長女の頭を撫でてくれたやろな。二女を抱っこしてくれたやろな。そんなことさえ気づかず、ほんまにごめんな。

最後は笑顔で河もっちゃんを送ってあげようと決めてたのに、僕には無理やわ。弱い僕には無理やわ。あんなにパワーが溢《あふ》れていた河もっちゃんやったのに。なんでや……。

こぼれ落ちる涙をいくら拭っても、止めどなく流れてくる。

枕元に用意されたシャンプーや雑誌、ペンやノート。それらを手にすることなく、河もっちゃんは人生の幕を一人静かに下ろしてしまった。25歳と364日目のことだった。

一九九四年十一月一日夜六時。北大阪祭典で河もっちゃんのお通夜が、しめやかにではなく盛大に執り行われた。

河もっちゃんの最後のイベント。河もっちゃんをカッコよく送ってあげよう。一大イベントとして成功させてあげよう。みんなで一丸となって天国まで見送ってあげよう。仲間全員のその思いは通じた。何千人もの参列者で葬儀会場は溢れかえり、参列者一同で別れを惜しんだ。

翌日の告別式も、お通夜と同じぐらい多くの参列者で会場は埋め尽くされた。混乱を避けるため、関係者以外は入場規制をかけたが、会場の外にはたくさんの河もっちゃんのファンがさよならを告げに訪れてくれている。

僕は気力を振り絞り、追悼の言葉と、これまで応援してくれたファンのみんなへの感謝を述べた。みんなの顔を流れる涙のしずくが、とどまることのない涙でかすんだ僕の目にも映っていた。

「河もっちゃん、お前はたくさんの人に愛されていて、本当にすごいな。友達として嬉しいよ。嬉しいよ。でも、悲しいよ。悲しいよ」

何層にも重なる参列者の波の中に、ずっと手を合わせているオバサンの姿があった。ママだ。ママは北大阪祭典に向かって何度も何度も頭を下げていた。僕は人混みを掻き分けてママのそばまで行った。

「ママ、中に入ってよ。河もっちゃんに会ったって」

「ウチはここでいいよ。ここでしっかり祈らせてもらうから」

「お焼香だけでもさせてもらえるように僕が言うやん。だからママ行こ」

「ウチは中に入れる立場やないねん……。ともくん、ありがとね」

ママは手を合わせたまま、その場からは動いてくれなかった。

「ともくんとコンビ組んでくれてありがとね。何もしてあげられなくて堪忍ね」

高くそびえ立つ北大阪祭典に、ママは何度も何度もそう呟いて頭を下げていた。

会場内ではみんなが河もっちゃんと最後の別れを惜しみ、棺のなかで穏やかな眠りについている河もっちゃんをたくさんの花で埋め尽くしてくれた。

河もっちゃんが身に着けているスーツは、僕がよく着ていた舞台衣装だ。

どう？　タカのにおい、わかるか？

僕のスーツが着られるほどに痩せ細ってしまっていたが、しゅっとしたそのスーツ姿は最期の最期まで芸人だった。すごくすごくカッコよかった。

二人で漫才をしている写真を添えた。そしてもう一つ、以前ママから預かっていたネクタイをたくさんの花の中にそっと埋め込んだ。

「河もっちゃん、僕のオカンからバレンタインのプレゼントでネクタイ預かっててん。渡すん忘れてたわ。ハート模様やし、お気に召さないかもやけど、受け取ってあげてな」

とうとう出棺の時間がきた。すすり泣きが葬儀場に悲しく響く。棺の中の河もっちゃんは、会場前に待機していた霊柩車へと淡々と進む。外では大勢のファンが、悲鳴のような声で河もっちゃんの名前を叫んでいた。

ママは嗚咽しながら、河もっちゃんを乗せた霊柩車が見えなくなるまで、膝におでこがつくぐらい何度も何度も頭を下げていた。

壊れた日常

「相方のぶんまで一生懸命に頑張ります！」

一体、何度この台詞《せりふ》を口にしただろう。誰かに励まされ、河もっちゃんに関する数々の取材を受けるなかでも、僕はひたすらそう連呼した。

僕のメンタルは、悲しすぎる現実を直視し、乗り越えていくにはあまりにも弱すぎた。与えられた仕事にも今までのようなガッツが湧いてこない。カラ元気を振りまきながら、毎日をこなすのが精一杯。

一日の仕事を終えると、必ず誰かを誘って明け方まで酒をあおった。帰宅してもさらに飲み続け、酩酊《めいてい》状態になりながら些細なことで嫁に当たり散らす。酔いが覚めかけると、再びアルコールを流し込み、泥酔状態で行き場のない悲しみや憤りや後悔の感情に耽《ふけ》る。

朝はいつも猛烈な二日酔いの不快感のなかで目覚め、トイレにこもって嘔吐《おうと》を繰り返す。部屋には大量のビールの空き缶や焼酎の瓶が散乱し、煙草の吸い殻が灰皿からあふれ、そこらじゅうに焦げた畳の跡が残っている。記憶が定かでない前夜の一部始終を嫁に聞かされて激しく落ち込む。その繰り返しだ。

仕事に遅刻しても、申し訳ないという顔をするだけで、心底反省するまでの真剣さが僕のなかにはない。どこかふわふわとしていて、現実感もない。そんななかで、ママのことを「アルコール中毒ではないか？」と心配する余裕はなかった。僕自身がアルコールの力を借りて現実逃避することしかできなかったのだ。そんな日常が続いていたが、どうしても心を立て直すことができない。

僕の心はすっかり壊れていた。

どんよりした夜空。見上げると通天閣さんはまた悲しい色のネオンを滲ませている。僕はいつの頃からか、通天閣さんの上部にはめ込まれている八角形の時計は、通天閣さんの顔なんだと決めつけていた。その顔が、僕の心情を悟っているかのごとく、悲しんでいるように見える。

子どもの頃に見上げていた立派な通天閣さんが、今は弱々しく僕の目に映る。大きな身体を支える脚はこんなにも細かったのか。身体も、色褪せてしまっているのか、錆びついてしまっているのか、ぼんやりとした色に見える。

もう、大阪のシンボルという時代は過ぎ去ってしまったのか。

自分の姿と重なって見える通天閣さんから目をそらし、ミナミの繁華街へと力なく消えていく。

そしてまたアルコールの力で現実逃避する。

「もうボク、アカンかもしらん……」

二〇〇〇年元旦。食堂を営む嫁の実家で、大勢の芸人が大活躍する年始のテレビ番組をただボーッと眺めていた。

「知浩くん、この食堂継ぐ？　もうウチの親も年やしなあ」

嫁は冗談ぽく話しかけるが、本心だろう。

除夜の鐘を聞き、みんなが寝静まった大晦日の深夜、僕は食堂の片隅で一人ちびちびとビールを飲んでいた。これからどうやって生きていけばいいのか。この小さな食堂でコツコツと働くのが自分には向いているのだろうか。でも今の仕事にはやっぱり未練がある……。投げやりな生活を送るばかりの自分でも、「芸人だ」という見栄だけは残っている。それがよけいに情けなくて涙がこぼれてしまう。

新しい年を迎えた初日から、お酒に溺れてフラフラになっている今の自分。新春のテレビ番組のなかで生き生きとエネルギッシュな漫才を披露して自信に満ちた若手。比較するまでもなく、自分のカッコ悪さばかりが強く迫ってくる。テレビ画面から耳に届いてくる大きな歓声と笑い声が、僕を嘲笑《あざわら》っているように感じてしまう。また涙があふれる。

肩を震わせている僕の背中にふと温もりが伝わった。振り返ると嫁のお義母《かあ》さんが立っていた。

「知浩くん、しんどいなあ。辛いなあ。おかあさんはわかるで、アンタの気持ち」

お義母さんはゆっくりと僕の背中をさすり続けてくれた。

「きっとできるよ。今は無力に見えても、いつかきっと目を覚ましてくれると思ってるから」

僕は無意識のうちにお義母さんにしがみついた。そしてテレビから流れてくる笑い声をかき消すような大声で泣きじゃくっていた。

「人はみんな、幸せになるために生まれてきてるんやで」

ありがとうお義母さん。僕、今からでも頑張れるかな。お義母さん……。

その日以来、僕はよく家族で神戸にある嫁の実家に行くようになった。お義母さんのうどんをすすりながら、娘たちの前で父親として立ち振る舞う。せめてそんな姿をお義母さんに見てもらいたかったのかもしれない。

「知浩くん、いつもありがとうね」

お義母さんは優しく僕の背中を撫でてくれる。実の母であるママにそんなことをされたら照れと居心地悪さから強い口調で制していただろうが、お義母さんの場合はやけに心地いい。一人のときも頻繁に嫁の実家に顔を出した。

「たまたま神戸で仕事してましてね」

「そうなんや。知浩くん、疲れてるんでしょ。そんな無理して来んでもええのに」

無理なんかまったくしていない。つい先ほどまで自宅でゴロゴロしていたのだ。ふと思い立って、車を走らせただけで疲れなんて何もないに等しい。僕はお義母さんのうどんをすすりながら、疲れている演技をした。


盆や正月はみんなで嫁の先祖のお墓参りに行った。

ずっと気になっていたことがある。ママとは離縁してしまったから仕方ないのだが、あのことがあってから高山家の誰もが母方のご先祖様が眠るお墓へはお参りに行っていなかった。

僕のママは不器用なわりに自信家で、一発当てようとした商売に失敗して、本筋の高山家から責められた結果、元来の性格も相まって、開き直るか逆ギレするしかできなくて、家族という一番大切なものを失ってしまったのだと思う。

ママの責任と言ってしまえばそれまでだけど、何か手はなかったのだろうか。ママにも先祖がいる。ママのご先祖さんはこの状況に怒り心頭かもしれない。

我が家にはまた新たに娘が生まれ、賑やかな三人姉妹となった。妹の美保にも二人の娘がいて、弟のマー坊にも二人の娘がいる。とても幸せなことだけど、男の子が一人も誕生していないことが気になった。思わずママのご先祖様との間で、何か因縁《いんねん》めいたものがあるのではないだろうかと考えてしまう。その代わりというわけではないが、そんなことを考え出した僕は、嫁のご先祖さんにもしっかりと手を合わすようになった。

洋子姉ちゃんの幸せ

何でもいい。些細なことでもいいから少しずつ前に進む気持ちを取り戻す努力をしてみよう。そうや、テレビを観て笑ってみよう。

家族の支えもあって、そんなふうに少しずつ気持ちが切り替わっていった。

劇場のロビーに顔を出して、誰かが来たら一言でもいいから会話しよう。できる自分を装っていたが、そんなものは脱ぎ捨てよう。等身大の自分をさらけ出したほうがよっぽど気が楽だ。坂ダッシュを繰り返し、そして河もっちゃんとネタ合わせに励んだ淀川河川敷を走ってみよう。とにかくこの堕落した生活から抜け出そう。

気持ちを一新して再スタートを切ると、すぐに地方でのレギュラー番組が決まった。本当に嬉しかった。

交通の便や経済状態を考慮して、住み慣れた桃谷を離れ、新大阪駅へタクシーで10分もあれば行ける淀川区の十三に引っ越した。

ある日の夕刻、仕事終わりにタクシーを拾い淀川大橋を渡っていると、川のほとりで鴨の集団が気持ち良さそうに浮かんでいるのが目に入った。

僕は自宅に向かわずに十三駅前で下車して、淀川河川敷まで歩いてみた。鴨たちはもう姿を消していた。淀川の流れが速いから、どこかに流されたのだろうか。いや、どうだろう。よく見ると川の流れは速くはない。緩やかな風に押されるように、ゆっくりとゆっくりと海に向かって流れている。

高校の野球部時代に眺めた淀川も、若手時代に河もっちゃんと漫才の練習をしていたときに見た淀川も、流れはかなり速いように思えていた。あれは錯覚だったのだろうか。

もしかすると、急がなきゃいけない、少しでも追いつかなきゃいけない、自分だけ取り残されたらどうしよう、そんな僕の気持ちが、目に映るものを変えていたのだろうか。

僕はいつも不安定な精神状態で浮き足立って、悔しさで奥歯をきりきりと嚙みしめて、結果を得られず自己嫌悪に陥っていた。もう焦らずに、自分のペースで着実に一歩ずつ脚を前に出そう。目の前で太陽がゆっくりと沈み始め、穏やかに流れる淀川の水面をきらきらと眩しく照らしていた。

住道の実家で父と暮らしている洋子姉ちゃんから電話が入った。

「どうしたん？　電話してくるって珍しいやん」

「うん。実はなぁ……」

何だかしゃべりにくそうにしている。

「ちょっと、やめてくれよ～。何かややこしい問題でも起きてもうたんか？」

「ちゃうねん……。実は……私、結婚するかも……」

姉は嬉しいことがあっても、その喜びを外に出すタイプではなく、内に秘めるタイプであることは家族なので昔々から存じてはいたが、これに関しては大いに喜ぼうよ、我が姉よ。

「洋子姉ちゃん、めでたいことやん！　不安になって損したわ」

僕は姉の数倍デカい声で「おめでとう」を伝えた。

子どもの頃から母親代わりに家族のために尽くし、父が居酒屋を始めたときも、父と一緒に店を切り盛りして、僕や妹、弟が巣立っていくのを陰で支えてくれた洋子姉ちゃん。

きょうだいがそれぞれ結婚して実家を離れても、姉だけはずっと父と暮らしてくれていた。父の身の回りの世話をして、実家を守り続けてくれている献身的な洋子姉ちゃんには、絶対に幸せを摑んでもらいたいと心の奥底から願っていた。

お相手は姉と長年お付き合いをしていた人で、僕も何度か会わせてもらったことがある。僕たちは姉の彼氏のことを「べっち」と親しみを込めて呼んでいた。

姉より少し年上でいつも明るくて、それでいて周囲に気が回るべっち。そして庶民派の高山家からは何世代かけても入社できないような一流企業に勤めている。べっちは新年度から東京本社への転勤が決まったので、洋子姉ちゃんにプロポーズ。そしてめでたくゴールイン。嬉しい。とにかく嬉しい。

「でも、お父さんももう年やし……。私がおらんでも大丈夫なんかな……」

喜びを素直に表さない理由がようやく理解できた。姉は優しすぎる。いつも自分のことはさておいて、家族のことを考えて行動する。

「そんなん気にしてたら、永遠に幸せになられへんで！」

語気を強めて僕は姉を諭した。

「美保もマー坊も住道近辺に住んでるから大丈夫や。何も心配せんと関東色に染まったらええねん」

「うん。わかった。ありがとう」

いつもは僕の言葉に必ず御託《ごたく》を並べて返す姉だったが、そのとき初めて僕の言葉を素直に受け入れてくれた。

結婚披露宴は、新大阪駅近くにあるホテルで行われた。おそらく新郎側の出席者の多くが東京から駆けつけてくれたからだろう。僕は挙式ギリギリに到着した。姉は僕と目が合うなり「忙しいのにごめんね」と小さく呟いた。

「ぜんぜん大丈夫。何とか間に合えてよかったわ」

実はこの日は仕事がオフだったので、僕はずっと自宅にいた。しかも今は淀川区に住んでいるので、ここまで来るのに十分もかからない。あほくさい話だが、姉の友人方々もいる手前「芸人は忙しい」アピールをしたまでだ。

司会者から突然スピーチの振りがあった。ビックリした表情で高砂《たかさご》の隣に設置してあるスタンドマイクの前まで行って、その場で思いついたようなスピーチを悠々とした。

「やっぱり芸人はしゃべり上手いなあ。あんな急に振られても、起承転結つけて簡潔にまとめられるて、すごいよなあ」

僕は照れ笑いを浮かべながら、そう感嘆の声を上げてくれた方に軽く会釈した。なんのことはない。このスピーチも、披露宴に来る前に自宅で考えていたものだ。こういう場で引っ張り出されることは、もちろん想定済みだ。

「洋子姉ちゃん、喜んでくれたかなぁ」

いつもはふんぞり返る僕だが、この日だけは違った。出席者一人ひとり、くまなくお酌をして回らせてもらった。僕の後ろから弟のマー坊もビール瓶を持ってついて回る。弟も今までさんざんお世話になった姉に対しては、僕と同じ感情が込み上げていたのだろう。

「洋子姉ちゃん、おめでとう。そしてべっち、洋子姉ちゃんを幸せにしてあげてください。宜しくお願いします」

扉口で出席者を見送る新郎新婦に、姉は知らないママの得意技であるお辞儀を、深々と向けた。僕の膝におでこがぴたりとくっついた。洋子姉ちゃんは心から嬉しそうに笑っていた。

河川敷の夕陽

先輩芸人の和泉修さんがプロデュースするイベントの舞台に立つのを、いつもとても楽しみにしていた。やはり生の舞台独特の緊張感はテレビとはまた違った気持ちのよさと喜びがある。その修さんが、ある日突然こう切り出した。

「タカ、漫才せえへんか？」

漫才……。

僕が河もっちゃんに誘われるがままにNSCに入学して始めた漫才。

なかなか技術の向上しない僕に、河もっちゃんが細かく教えてくれた漫才。

夢中で声を張り上げ、舞台後に一喜一憂していた漫才。

たった二人だけで笑いをとるっていいなぁと感じ出した矢先に突然できなくなった漫才。

漫才の持つ奥深い魅力に蓋をして、僕は自分自身の感情を押し殺していたから、修さんのお声がけが途方もなく苦しかった。

「はい、やりましょ。こちらこそ宜しくお願いします！」

それなのに、そんな言葉を出させてくれたのは、きっと河もっちゃんが背中を押してくれたからだと僕は思う。

新たに漫才コンビを結成すると、劇場の出番も入ってくるようになった。また漫才ができている。舞台に立つとその現実を身体中で感じ、胸がいっぱいになった。

出番の合間、劇場から抜け出し、堺筋という大通りまで出ると、南の方に通天閣さんが見える。空は真っ青に晴れ渡り、通天閣さんは真っ白なネオンを放ちながら微笑みかけてくれていた。もう二度と身に着けることはないと思っていた舞台衣装のスーツの襟を整えながら、「HITACHI」というブランドの服を着た通天閣さんに微笑み返す。

通天閣さんはスリムな脚をしているが、地下に埋まっている根はどこまでもどこまでも伸びているに違いない。だから決してふらつくことのない、大阪のシンボルなのだ。

自信を取り戻した僕には、通天閣さんがたのもしく見えた。

いつか通天閣さんが被っているような王冠を手に入れたいと思った。

夕陽が沈むタイミングを見計らっては、淀川河川敷へとジョギングするようになった。僕はこの時間帯の淀川河川敷が大好きだ。

夕陽は土俵際で粘り強くこらえる力士のように、沈みそうで沈まない。川の上を走る阪急電車は通勤ラッシュ時刻を迎えて、行き交う本数を増していく。土手では若いカップルが等間隔で座り込み、楽しそうに会話している。広い川の向こう岸には高層ビルや一流ホテル、タワーマンションが背の高さを比べ合っていて、梅田という大都会がこちらを見つめている。

僕は長柄橋《ながら》の歩道を突っ走って向こう岸へと渡り、ただひたすらに淀川河川敷を走る。

しばらくすると母校が視界に入ってきて、グラウンドからは野球部員たちの気合いの入った声が響いてくる。何歳になってもこの声を聞くのは飽きない。

淀川河川敷は年々整備され、美しい環境へと変貌を遂げている。僕もまた新たなる変貌を遂げる時期にきている。もう若手とは呼んでもらえない年齢。リポートものなどのロケ番組は世代交代がどんどんと進んでいく。

仕事や家族のことを考えながら走る。理想の未来を頭に描き、そこに行き着くために走っているのだと身勝手に繋ぎ合わせると、身体は疲労困憊するが、なぜだか心は癒される。


僕はジョギングに限らず、一つのことを始めるとそればかりを追いかける単純な人間だ。靴にしても、普段履いているそればかりを履き続けている。古くなればまた同じ靴を同じ店に買いに行く。

「いつもその靴を履いてはりますけど、いつも新しいままですね」

「古なったらまた同じのん買うてんねん」

説明すると後輩はさらに不思議がる。

「同じのん？　何かのゲン担ぎですか？」

「いや、何となくやねん。今、履いてる靴、六代目」

デザインに執着を持っているわけでもなく、ただただ何となく買い続けている。

嫁と一緒になった頃、たまたま洋食屋さんでグラタンを食べ、その帰りにスーパーに立ち寄って冷凍グラタンを買い占めた。

「グラタン、好きなんやなぁ」

「いや、特に好きとちゃうねんけど、夜食として置いといたら便利やろ」

「グラタン以外にも冷凍食品の種類なんていっぱいあるよ」

「ええねん。グラタンで。グラタンが一番ええねん」

「でも、特に好きとちゃうんやろ？」

嫁も不思議がっていた。

ママもそうだ。外出するときなどは、いつも大きなサングラスをはめている。夏でも冬でも同じサングラス。ママは愛情たっぷりのおにぎりやにゅうめんをよく僕に作ってくれた。でも、いつも決まっておにぎりかにゅうめん。僕はそんなママに似ている。

ついカッとなって、ママの人生や人格を全否定してしまうような言葉を投げつけたこともある。偉そうにママに牙を剝いておきながら、僕自身も周囲を巻き込んで多大なる迷惑をかけたことも山ほどあるくせに。

僕はママに似ている。ママに似ていることは嬉しいことなのか、それとも嫌なことなのか。

あれこれと思いを巡らせながら走り終えると、絞り切った水分を補給するために、そして心に溜まった複雑なものをアルコール消毒するために、ビールや焼酎を体内にたらふく流し込む。やっぱり僕は、ママに似ている。

老いゆくママ

年齢を重ねるごとに、僕でさえも、ママに対して少しは労《いたわ》りの心を持とうという気持ちになってきた。ママは月〜金でスナックに出勤していたが、最近は疲れが残るらしく、一日おきの月水金の勤務体制に変更してもらったらしい。そのほうが、お酒の量も減るのでママの身体には好都合だろう。

僕は仕事終わりに、乗り気でないママを誘って長女と二女が通っている体操クラブに連れていった。

「二人ともすごいなぁ。あんなにクルクル回れるんやねぇ。オリンピック出してもろたらいいのに」

「ママ、立候補して出れるもんとちゃうねん」

かなりお疲れ気味だった様子なのに、孫の演技を目にすると、いきなりテンションが上がったようだ。帰りにみんなで食事をした。

その日から、ごくたまにではあるが、ママは一人で孫が通う体操クラブに見学に行ったりもしていたようだ。

また、嫁が邪魔臭がるママを引っ張りだして、僕の舞台も観にきていた。昔はママが一人でこっそりと観にきていたのは知っていたが、今となってはママはもう自発的には劇場に足を運ばなくなっていた。そんな日も、帰りにみんなで賑やかにご飯を食べた。

「ともくん、すごいなぁ。今度は西川きよしさんと漫才したらええねん」

「ママ、今日は誰、明日は誰って変えていくもんとちゃうねん」

ママが可愛いおばあちゃんになっている気がして、僕は母親の老いていく姿がとても愛おしく思えた。疲れているのか、誘っても乗り気な口ぶりではないが、いざ合流すれば次第に笑顔になっていくママ。

電話には必ず出てくれたし、出られなくても折り返しの電話はくれていたのに、それからほどなくママは電話にも出ないことが増え、数日経ってからようやくママからの着信が入るようになっていった。

「ごめんやで。堪忍ね～。最近忙しいてなぁ」

「そうなんや。心配してたで。声聞けてよかったわ」

店が忙しいのか、プライベートが忙しいのかはわからないが、電話から聞こえるママの口調は酔っ払っているときのそれではないので、少し安心した。

暑くもなく寒くもなく、長袖のシャツを着てても、またTシャツ一枚だけでも日中は心地よく過ごせる季節の日曜日。その日は劇場出番が朝の一回のみだったので、何カ月ぶりかにママに連絡してみた。コールしても出なかったけど、珍しくすぐに折り返しの電話がかかってきた。

「今から暇やねん。一緒に新世界ぶらぶらせえへん？」

「え～、今日はもうしんどいしなあ」

「まだ十時過ぎやん。今日一日がスタートしたばっかりやで」

例によって今日もママは出掛けるのが億劫《おっくう》になっていたようだが、僕が車で京橋まで迎えに行き、ママを乗せて新世界へと向かった。

新世界のど真ん中にそびえ立つ通天閣さん。ママだってこの街が懐かしいだろう。

かつて家族で住んでいた浪速区日本橋の家のベランダから、洗濯物を干し終えたママと一緒に通天閣さんを眺めていたあの頃を思い出しながら、通天閣さんに上って、ママと一緒に日本橋の街並みを見渡した。

昔のような灰色がかった街ではなく、たくさんの鮮やかな色が交ざり合っていて華々しい街並みへと変貌を遂げている。ビリケンさんの足の裏を撫でている僕の隣で、ママはビリケンさんに何度も頭を垂れていた。もう昔みたいに膝におでこがつくぐらいまでは曲がらなくなっていた。眺める街並みが変わったように、気がつけばママの横顔もずいぶんと変わっていた。ママを質問攻めにした子どもだった僕も、気がつけば大人になっている。

あれから一体、何年が経ったのだろう。僕はなりたかった大人になれただろうか。母子で周回する通天閣さんの展望台。楽しい気分のはずなのに、なぜか不安感というどんよりした波に飲み込まれそうになっている僕がいる。河もっちゃんを失ったあの頃の喪失感とよく似た切なすぎる気分が心の片隅に漂ってくる。楽しい気分になれる時間のはずなのに……。

通天閣さんのまわりをのんびり歩き回って、僕たちは串カツ店ののれんをくぐった。

「ママ、ビール飲んでええよ。僕は車やから飲まんけど」

「いらん、いらん。最近はぜんぜんいらんねん」

僕に気を遣ってか、ママはアルコール類を注文しなかった。大人の二人が食べ盛りの高校生のように、ガツガツと串カツを頬張った。ママの満腹中枢は一体どうなっているんだろうか。最近は疲れが残るとよく言っていたが、食欲旺盛のママの姿を見て、まだまだ元気だと無理に確信し、あの頃に味わったのと同じ不安と喪失感をかき消した。

通天閣さんのすぐ近くに天王寺動物園がある。ママと一緒に園内をぶらぶらと歩いた。園児や小学生ぐらいの子どもを連れた家族ばかりで園内はごった返していた。僕たちも母子ということに間違いはないのだが、他の親子とはずいぶんと年齢に差があるのが少し笑えた。

アシカの柵の前でママは割り箸を手にして餌を挟み、柵の向こうで口を開けて待っているアシカめがけて餌を投げ入れていた。それを見事にアシカが口でキャッチすると、ママはキャッキャキャッキャと声を上げて喜んでいる。ママのほうが周りの子どもよりも子どもに思えてきて、とても可愛かった。いろんな檻や柵の前で、「ゴリラ、サル、キリン、ライオン」と、子どもが動物の種類を覚えていくように、声に出して呼んでいるママの姿を、僕は微笑ましく見ていた。ママは僕に気を遣って「楽しんでいます」を演じてくれているのだろうか。

帰宅して、嫁に今日一日のことを報告した。

「楽しんでくれてるようでよかったわ。もうすっかりおばあちゃんやなあ」

その頃のママはまだ還暦を迎えたばかりで、老け込むには少し早い気もした。でも食欲もあるし、そして一日中動き回れるし、まだまだ元気だ。僕は何の疑いもなく日々を過ごした。

以前はママが嫁や子どもを誘い出して、いろいろ連れ回すことも頻繁にあったが、最近はすっかりそんな誘いはなくなった。些細なことでもよく電話をしてきていたママだったが、ママからの連絡も一切ない。久しぶりにこちらから電話をかけてみた。

「ほんまに今、忙しいねん。いちいち会われへんわ」

ママは冷たい口調になり、それでもしつこく誘うと、

「ほんまに迷惑やから、やめてちょーだい！」

と、あからさまに僕たちを避ける態度をとるようになった。

考えれば、ママにも日々の予定があるはずなのに、こちらの都合だけで何でも決めて呼び出していたことを申し訳なく思った。それからはもう、こちらからも連絡を入れないようにした。

家族揃って父の住む住道に顔を出した。父はヒナセ金属製作所に勤め出して二年後、一階と二階を繋ぎ合わせた文化住宅から2LDKのマンションに引っ越していた。

正月休みということもあって、僕のきょうだいもそれぞれ子どもを連れて勢揃いしている。姉も

第一子を抱いて、東京からはるばる大阪まで帰ってきていた。姉の子どもも女の子だ。父は幸せそうな笑みを浮かべて、たくさんの孫たちと戯れている。ここでは父の存在もあってか、ママの話題は一切上がらない。毎年それが息苦しい。

僕は何気にママの近況を報告した。その後、少しばかり幼少の頃の思い出をきょうだいでしゃべったが、辛かったことは多少なりとも口に上っても、家族団欒の楽しかった思い出が一つも出てこない。

別にみんながママを毛嫌いして思い出さないようにしているわけでもない。何十年も前のことだから当然忘れてしまっている場合もある。でも鮮明に覚えていなくとも断片的にはいくつか出てくるもんだ。それが一つも出てこない。

きょうだい四人の記憶から消し去られてしまっている。ママはもう昔々にいたのかどうかもわからない架空の人物になってしまっているような気がする。

見えない何かの働きで、僕たちきょうだいを産んだという事実さえ、四人の記憶から消されようとしているのか。そういうことを考えていた僕も、穏やかな日々を過ごすうちに、ママのことが、自然と頭から離れていった。

第四章

命果てるまで

発病

ママと連絡を取らなくなってから何年が経っただろうか。

ちょうどお盆の時期だった。これまで音沙汰のなかったママから、突然、我が家に電話がかかってきた。

「ア〜、○▲▽▼○☆◇○▲□、ア〜」

何を言っているのか、まったく意味不明。またお酒を飲みすぎて泥酔しているのだろうか。そのうちドンドンと受話器を叩いてみたり、ゴソゴソする音が聞こえてきたり。声は確かにママだ。何かを訴えようとしていることだけは察知できた。咄嗟《とっさ》に「脳こうそく」という病名が頭に浮かんだが、僕は名古屋での生放送が入っていたため、ママが働いているスナックのマスターから教えてもらった住所のメモを嫁に預け、急きょ京橋まで出向いてもらった。

ママの住所を聞く際にわかったのだが、ママは二十年以上も勤めていたスナックを、数カ月前に辞めていた。

お盆の連休に挟まれた中日の平日、嫁は末娘を連れて、昭和の香りがぷんぷん漂う京橋の街の外れにあるアパートにようやく辿り着いた。汗だくで玄関チャイムを幾度となく鳴らしても、玄関ドアは開かない。「私やで〜!」と大声で叫ぶと、数分してようやく玄関先にママが現れた。なかに入ると驚いた。部屋の隅々まで散らかり放題。食パンやインスタントラーメンの空き袋、お惣菜の残骸、衣類もそこらじゅうに散乱していて、電気もつけていない薄暗い部屋には布団が敷きっぱなし。小さな扇風機だけがゆっくり首を振りながらのろのろと風を吐き出している。

冷蔵庫を開けると、食材はそれなりに入っていたが、ほとんどが賞味期限切れ。

「ママ、大丈夫?　どうしたん?」

「ア〜、▲□○▼☆▲○□▼☆、ア〜」

「しゃべられへんようになったから電話してきたん?」

ママが軽く頷いたので、言葉を聞き取り、意味を理解できてはいると嫁は判断した。

「いつから言葉が話せなくなったん?　今日?　昨日?」

「ア〜、▼☆□▲◇▼▲□☆◇、ア〜」

何を問いかけても、ママからの返答は言葉にならないままだった。

散らかっているテーブルの上から、町医者の診察券を見つけた。言葉が出なくなったのは少し前からで、自ら病院にも行っていたことが推測できた。そのテーブルの下に落ちていたママの財布の中身を確認すると札は一枚もなく、大量のレシートで財布の中は埋め尽くされている。レシートを確認すると、どんなに少額でも買い物はすべて千円札で支払いをしているようだ。だから現金は大量の小銭のみ。ママはお金の計算ができなくなっていたのだ。

診察券の住所を頼りに、片手に娘、片手にママの手を引いて、道行く人に何度も訊ねてようやく昼ごろその町医者に辿り着いたが、午前の診察はもう終わっており、午後の受付は十六時からとのこと。

嫁は再びママと娘の手を引いて、真夏の太陽に責められながら知らない町をさ迷い歩いたが、どこもお盆休みで無情にシャッターが下りている。途方に暮れた嫁の前に小さな公園が現れて、片隅にあるベンチにようやく二人を腰掛けさせた。

自動販売機で買った冷たいジュースで水分を補給すると、ぐったり疲れて嫁の膝枕で眠ってしまう娘。ママはその娘の頭をずっと撫でていたらしい。言葉も出せず、おそらくパニックになっているはずなのに、自分の遺伝子が受け継がれている孫への愛情は本能的なものなのだろうか。ポカンとした虚《うつ》ろな目つきで、孫の頭をいつまでも優しく撫でていたそうだ。

空が雲に覆《おお》われて、少し暑さがおさまってきた頃、仕事を終えた僕もようやく合流し、病院での診療に立ち会うことができた。初老の院長先生は、ママがそれまで何度かその病院で受診していたことを教えてくれた。

「やっと身内の方を連れてきてくれたね」

院長先生は安堵したような表情を浮かべて、僕たち夫婦を見つめた。そして続けた。

ここには精密検査をする医療器具が整っていない。詳しく診療するには、もっと大きな病院での検査が必要なので、身内に付き添ってもらうよう勧めていたそうだ。

院長先生はママにも同じことを説明していたようだが、ママは理解不能になっていたのか、それとも限界まで自分一人で何とか乗り越えようと思っていたのか。結果そのまま放置することになっていたようだ。身内の人間が来ないことには、大きな病院への紹介も難しかったらしい。

僕も連絡のないママのことを気にしないわけではなかったが、「便りのないのが元気な知らせ」と都合のいい解釈をしていたにすぎない。とにかく、現実を把握しようと精一杯だ。

「ちゃんと自分の名前を紙に書いてますか？　自分が誰かわかってますか？」

院長先生は声を大きく張って、ママの耳の奥から脳の回路に届けるかのように問いかける。ママは意味を理解したようで、何度も何度も頭を縦に振っている。

「明日から、いや、今日からやな。毎日買ったものをノートに書かせてください。たとえ大根一本でも書かせるように。絶対ですよ」

院長先生は、ママに向けていた優しい眼差しを真剣な面持ちに変えながら、僕にそう告げた。ペンを持って書く行為が、脳の働きを活性化させるのだそうだ。

その日はママを我が家に連れて帰ることにした。帰宅途中にチェーン系の回転寿司店に入った。

すると、ママは回ってくるお寿司を好みで選別しているのではなく、目に留まったものを何も考えずに手を伸ばしているだけで、口に運んだのは何のネタなのかもわかっていないようだ。

「ママ、それ、さっきも食べたで……」

僕の言葉に頷きはするが、気にかける様子もなく箸を動かし続けている。明らかに異常ではあったが、食欲のあるママの姿を見て、ひとまず僕と嫁は少し安堵した。

帰宅後、嫁がママをお風呂に入れて、奥の部屋に敷いた布団にママを寝かせた。ようやく長い一日が終わった。

翌朝、カーテンの隙間から射し込む朝陽で目が覚めると、家族はまだぐっすり寝ていたが、ママはもうすでに起きていた。仏壇の前に座り、手を合わせているママ。一体いつからそうしているのだろう。しばらく眺めていたが、背中を丸めて、ぼうっとした目つきで、しっかり重ね合わせた手のひらを離さない。

「ママ〜、もう起きたん？　まだ早いからもっと寝といたほうがいいよ」

いくら声を掛けてもママは微動だにしない。とうの昔に離縁した高山家の仏壇なのに。ママの背中には、不思議な強さがみなぎっていた。

ママの脳は正常に機能していないのかもしれない。だからこそ、しがらみなど関係なしに、ただ我が子や孫のために祈ってくれているのだろう。その姿に僕の心は震えた。

お腹を痛めて産んだ我が子に対する愛情は決して揺るがない。愛情とは頭で生まれるものではないのだ。母の愛はこれほどまでに強いものなのか。

若年性アルツハイマー

院長先生が用意してくれた紹介状を手に、早速、ママを総合病院の脳神経外科に連れて行く。前日に引き続き、嫁にも付き添ってもらう。病院の待合室は人であふれかえっていて、ママの名前が呼ばれる頃には、もう昼を過ぎていた。

まだ若い担当医は、握っていたペンをママの目の前に差し出した。

「これ、何かわかりますか～？」

町医者の院長先生と同じく、少し声を張ってゆっくりとわかりやすく問いかける。

「う～ん、え～、あ～、あれあれ、それは～、その～」

医師は神妙な面持ちで、カルテに何かを記入し始めた。僕にはママが何を言おうとしているのかわからなかったが、昨日よりも多少なりとも言葉になっていることに、小さな小さな安堵感を抱いた。

「お母さん、このまま入院してもらいますから」

詳しい検査のため、一週間ほど入院が必要とのこと。ママを病院に預けて、入院に必要な荷物を揃えるため、僕と嫁はママのアパートへと向かった。病院から指示されたものを探していると、部屋の隅からＣＴ画像が出てきた。町医者とも異なる病院の名前があり、「ご家族に連絡するように」と書き添えられている。日付は一年以上も前だ。

押し入れからは、未開封の健康食品が大量に出てきた。怪しげなお茶やサプリメント。どれもとっくに賞味期限が切れていて、いずれも定価は何万円もする高額商品だ。ざっと段ボール三箱分ぐらいはあった。マルチ商法や悪徳商法に引っ掛かっていたのかもしれない。ママが不憫《ふびん》に思えて、後ろ暗い気持ちになった。

タンスに入っている肌着は、いつから着ていたのかもわからないぐらいボロボロなものばかり。病院には持っていけそうにもないので、新しいものを買うことにした。一通りの着替えを揃えて病院に戻ると、ママは入院着を着せられて、ベッドで食事を摂っていた。

「はぁ～、ええわ～」

「ママ、話せるようになってるやん。すごいやん」

大きな病院に入院したことで安心したのか、ごく簡単な単語だが言葉として発声できるようになっている。

「ここ綺麗な病院やね。ピンクの入院着が似合ってるね」

嫁がママに笑顔で話しかけると、ママもものすごくいい笑顔を見せてくれた。

「こんな綺麗な部屋やったら、ずっと住んどきたいんと違う？」

嫁の問いかけに、「うんうん！」と子どものように頷いている。荒れ放題の部屋に一人で暮らしていたときと違い、布団は清潔でふわふわだし、看護師さんはみんな優しく話しかけてくれる。三食のご飯は誰かがきちんと用意してくれるし、自分で買い物にも行かなくていい入院生活は、ママにとって至れり尽くせり。そんな日常が次第にママの心を落ち着かせたようだった。入院中は嫁が毎日病院に通い、僕も仕事の合間を縫っては顔を見に行った。

一週間後、ママの検査結果が出た。

ＣＴやＭＲＩの画像をもとに担当医師が説明を始めたとき、嫁が深刻な面持ちで先生の言葉を遮った。

「すみませんが、母を外に出してもいいでしょうか？　辛い告知になると可哀想なので」

すると、先生はこともなげに言った。

「ああ、お母さんね、大丈夫。もう何を言うても理解力が低下していてわかりませんから」

えっ。そ、そこまで……。僕はママの手を握った。

「お母さんは若年性アルツハイマーです」

「若年性アルツハイマー？」

若年性アルツハイマーとは、認知症の一つで、記憶力や判断力が極端に低下し、自分の中で混乱を招き、不安になったり、また言葉が見つからなかったりという症状が出る病だ。

記憶の認識に異常の出る同じアルツハイマーでも、六十四歳以下で発症するこれらの症状を、若年性アルツハイマーと呼ぶらしい。

「お母さんの場合はアルコール性脳萎縮もあります。ずいぶんと長い間、アルコール依存症だったのですか？」

「すみません。母とは同居していなくて、数年前から多少言動はおかしいなと思っていたんですが……」

「ここと、ここを見てください。脳が萎縮しているのがわかるでしょ？」

先生が指した画像の箇所に目をやると、確かに脳が縮んでしまっているのが素人目にも一目瞭然だった。

「若年性アルツハイマーとアルコール性脳萎縮がかなり前からあったようですから、症状はかなりきついです。これからの進行は相当早いと思われますよ」

いくらなんでもこれはママにとっては耐えられない告知だろう。そう思ってちらりとママの顔を見たが、ぼぅっとしたまま表情は変わらないでいる。先生の言うとおり、状況をまったく把握《はあく》できていないようだ。こんなに辛い告知が理解できないなんて、幸せなのか不幸なのか……。何とも言えず胸が塞がる思いがした。

「どのくらい生きられますか？」

「そうねぇ、人によるからねえ。一般的には、十年ぐらいは生きられると思いますよ。検査の結果では内臓機能は特に問題ないし、体力は普通の元気な六十代ってとこだから」

「回復に向かうことってあるんですか？」

「それはありません」

医師はキッパリと、そして残念そうな表情を僕に向けた。

「認知症が進行すると、いろいろな機能が低下して身体が動かなくなったりします。でもそれはもう少し先だから、今はお母さんの余命よりも、これからの介護をどうするか考える必要があります。身体が元気なぶん、家族はこれから大変だと思いますよ」

自分たちに降りかかると考えてもみなかった介護生活は、そんな先生の言葉で幕を開けた。

介護生活のはじまり

アルツハイマー型認知症というのは脳が退化していく病気なので、現状把握がとても重要になる。今のママにできること、できないこと。どの程度の見守りが必要なのかを調べる必要があった。保健所のケースワーカーさんに相談すると、まずは家族が見守りながら、今までどおりの生活をさせてみて判断しようとのアドバイスをもらった。

とはいえ、入院前と同じ一人暮らしは、ママには危険すぎる。もともと破天荒な性格の上に、判断能力がまったくないに等しい状態。電話で様子をうかがうにも、会話にも問題があるので、こちらからママのアパートまで毎日訪ねていくしかない。僕にももちろん仕事があり、嫁も仕事を持ちながら三人の娘を育てつつのなかで、ママのアパートを行ったり来たりの生活はさすがに負担が大きすぎた。同居するのが一番いいのだとはわかっているが、現実にはさまざまな問題が発生して、そう簡単にはいかない。

僕たち夫婦は毎日のように口喧嘩をしながらも着地点を探した。僕らには守るべき娘たちがいる。ママには本当に申し訳ないけど、優先順位はまず子どもたち。僕たちはこの家族の生活を一番に考えなければならない。結果、同居ではなく、ママを我が家の近くに引っ越しさせることにした。

若年性アルツハイマーの進行はとても早い。ママはもう仕事のできる状態ではないので無一文に近い生活状況だ。僕たちが負担できる家賃には限りがある。不動産屋でいろいろ物件を紹介してもらうなかで、古くて狭苦しいアパートだが、運よく予算に合った物件が見つかった。

毎日ご飯を運び、週三回は銭湯に連れていく。僕たちに時間の余裕がある日はうちに連れて帰ってみんなで食卓を囲んだ。

ママは常に心ここにあらずの状態だが、時折、息子であることを思い出すのか、僕の顔を見つめてにっこりと微笑むことがある。僕もママに微笑み返す。それが今の母子のコミュニケーションだ。

ママの小遣いは一日千円。ご飯のときに渡して、今日一日何があったかを話してもらいながら、一緒に小遣い帳をつけるということが日課になった。

実はママの引っ越しのときも、ひと騒動があった。

当日、僕も嫁もどうしても時間が作れず立ち会えなかったので、引っ越し業者に事情を伝えていたのだが、夜アパートに行くと、ママは真っ暗な中で物音も立てず静かに座っていた。

「電気ぐらいつけえや」

驚いて注意すると、「ないの、ないの、ないの」と繰り返すママ。見れば電球を覆う傘がない。しまいには意味不明の言葉で引っ越し業者への文句を並べ始めた。業者に確認したところ、「お母さんが《サラから、いらん、いらん》と頑《かたく》なに言ってはりましたので」とのこと。

ひとまず自宅の電気傘を一つ取り外して、つけた。

「ママ〜、部屋が明るくなったね〜、よかったね〜」

幼児をあやすように、嫁がママの両手を握りながら話しかけたが、ママは笑顔になるどころか理解に苦しむ言語を口走りながら、まだ怒りを露にしている。難解なママの言葉を分析していくと、業者の態度が悪いだとか、モノがいろいろなくなっているとかの文句を並べているようだ。

これは、もの盗られ妄想などの典型的な認知症の病状の一つだ。やはり症状はどんどん進行していっている。こういうときは何を言っても興奮するばかりなので、ママの言葉を否定しないようにした。

数日後の夜、嫁と一緒にママのアパートへ食事を運びに行くと、ママはとても満足げな顔をして、数日前の興奮状態のママとはまるで別人だった。ふと見上げると、なんと電気傘が新品に変わっている。

「この前、持ってきた傘はどうしたんや？」

「あれ、汚い、汚い、捨てた」

「す、捨てた⁉」

「キレイわ、キレイわ、これがいいわ」

こんなときだけ多少なりともしゃべれているママに小さな怒りを覚えた。嫁は冷静にママの両手を握りながら、子どもに話しかけるようにゆっくり問いかけた。

「どこで買ったの？　そんなにお金持ってないでしょ？」

「知り合い。お客。買ってくれた」

さらに言葉がすんなりと出てきたことでも、僕の怒りは強まった。その足でママが以前勤めていた京橋のスナックまで駆けつけて、電気傘を買ってくれたお客さんにお金を返しておいてもらおうとした。

「大丈夫、大丈夫。その人は今日飲みに来ない日やし、いろんな人に世話してあげてる人やから気にせんとき」

結局、スナックのマスターはお金を預かってはくれなかった。僕はなんだかうんざりしてカウンターに腰をおろし、やけ酒を飲み始めた。結局僕の勝手気ままで明け方近くまで無理に店を開けさせてしまい、最終的には電気傘の何倍ものお金がかかってしまった。ママのことを最低なババアと罵《ののし》っている僕こそ、最低な息子じゃないか……。

ママと密に関わることで認知症についての知識が増えていく。介護認定を受け、今のママが受けられる福祉サービスは、デイサービス週四回ということがわかった。

ママは発語が難しくなっているが、体調や精神状態によって程度が変化し、意思の疎通《そつう》ができるときもある。また簡単な食事を作ったり、買い物に行ったりという日常の行動が可能な日もある。文字を書く能力も残っていて、自分の名前が書けるときもある。でも、新たに覚えたりすることはとても難しい。例えば、引っ越した家の風呂を沸かす操作方法をまったく覚えられない。

僕たちは、認知症や脳に関する本を読みあさって、ママの状態や症状の例などをできるだけ把握し、理解していこうと努めた。

ママは銭湯が好きだった。

「ママ、今からお風呂屋さん行くよ〜」

嫁がそう声をかけると、それまで不機嫌そうな顔をしていても、たちまち晴れやかな表情を浮かべる。「お風呂屋さん」という単語には、体調の良し悪しに関係なく良い反応を示す。

銭湯に行くと、ママは必ず嫁の背中を流してくれるそうだ。「ありがとう」とお礼を言われると、顔いっぱいに喜びを表して、こちらからストップをかけるまで、何度も何度も洗面器にお湯を汲んで背中にかけるらしい。シャワーのほうが断然手っ取り早いはずだが、嫁もママの愛情に甘えてくれた。

長女と二女はもう大きいのでママの相手は慣れたものだが、末娘は認知症になってからのママの姿しか知らないので、いつも恐る恐る接していた。

風呂から上がると、ママは自分の体を拭こうともせず、末娘から順に濡れた身体をバスタオルで拭いていく。末娘も怯《おび》えながらも大人しくしている。ママは病気のため手元がおぼつかず、後から嫁が拭き直す必要があるし、長女と二女もすでに自分たちで身体の水滴を拭き取っている。それでも、ママが身体を拭いてくれるのが終わるまで、映画『タイタニック』のヒロインのように両腕を広げて、豪華客船の先頭ではなく銭湯の脱衣所でじっとしている。

嫁や娘たちの優しさには本当に助けられた。ママは認知症になっても、誰かに何かをしてあげたい、という母性本能が残っているのだろうと嫁は言い、銭湯に行くたびに感心して帰ってきた。

デイサービスへ

生活スタイルが安定してくると、先のことを考える余裕ができてきた。やはり僕たちが通うにも限度があるし、一人暮らしでは家族の不在時が心配だ。僕たちはデイサービスの利用を視野に入れ始めた。大切なのは、本人が喜んで行ける場所であることだ。

調べるうちに、「若年性アルツハイマー」に対応できる施設はかなり限定されることがわかってきた。友達ができればママも楽しいだろうと考えたが、同世代の通所者がいるところは近隣にはまったくない。どこも七十五歳以上の高齢者ばかりなのでジェネレーションギャップが生じてしまうのでは……。

嫁がこんな提案をしてきた。

「デイサービスに行くというより、仕事をしてもらうって、ママに思い込ませたらどう？」

なるほど！　ママには嫁や娘たちに何かをしてあげたいという気持ちがある。それは、「自分はまだまだ大丈夫。働きたい。仕事がしたい」と思っているからだろう。認知症なりに僕たち夫婦に世話になっているのが心苦しいと感じているに違いない。

早速こんなふうに声をかけてみた。

「ママ、新しい仕事が見つかったよ。いろいろとお金かかってるから、そこで働いて稼いでもらわれへんやろか？」

澱《よど》んだ虚ろな目つきをしていたママだが、その言葉を耳にした瞬間、目に力が入り、僕に焦点を合わせてきた。

「働いて稼いだお金で、孫にもお小遣いあげてほしいしなあ」

その日から、ママは「デイサービスのヘルパーさん」として、送迎車付きの社長出勤のような通所が始まった。

食事の介助や直接通所者に触れるお世話はできないが、配膳を手伝ったり、買い物について行ったり、片付けや掃除を手伝うといった、「ママにとっては仕事」をさせてもらった。

ママが何かを手伝おうとすればするほど足手まといになり、そんなママを補助する本職のヘルパーさんにとっては二度手間にもなってしまっただろう。それなのにヘルパーさんたちは、とても優しく声かけをしてくれた。そのおかげで通所中のママは常に生き生きとしていた。人は自分が必要とされていると感じると輝きを放ち出すのだ。

リハビリを兼ねて折り紙や工作のようなものを作成するときには、「ラブちゃん、内職お願いしますね」と頼まれている。デイサービスでのママの愛称は「ラブちゃん」らしい。

他の通所者さんが延べ一週間かかる工作を、ママは一日で仕上げてしまい、次に何をさせようかヘルパーさんが悩んでしまうほど熱心だった。

デイサービスは歩いて二分ほどの場所にあったが、安全のために必ず要介護者用の車で送迎してくれる。ママは待ち遠しいのか、いつも早い時間から玄関先で待ち構えている。ママ自身が満ち足りた気持ちで毎日を過ごしてくれることが何よりで、デイサービスは本当にありがたかった。

また、デイサービスでは平日の朝と昼の二食を用意してくれるので、我が家では夕食だけで済む。負担が減り、ひじょうに助けられた。

ママの好物は麺類。なかでも「そうめん」がお気に入りだ。嫁がにゅうめんにしたり、冷たいそうめんにいろいろな具材を入れると、とても喜んだ。そうめんの出汁は、干しエビと椎茸で取ったものを好んでいて、これはママが昔よく僕に作ってくれていた味だ。嫁はそのレシピを再現して、彼女の実家の食堂からもらってきたオカモチに入れ、僕が出前の如く自転車でママのアパートまで運んでいた。

ママとは週に一度か二度、外食をする。

ある日曜の昼下がり、おやつタイムにしようとミスタードーナツに入店した際、入口付近に出ていた写真入りのメニューを見て、ママが「これ」と飲茶セットを指差した。ママは飲茶セットの小籠包と焼売と海老餃子は孫にあげて、汁そばだけをすすっている。

「あ〜、おいし、あ〜、おいし」

何度も同じ台詞を繰り返して上機嫌のママ。セットの汁そばは量が少ないので、「そんなに好きなんやったらお代わりする？」と聞いてみると、両目を三日月にして微笑みながら大きく頷いた。

「これ、一番おいし、さいこう、これ好き」

追加で単品オーダーした汁そばをすすりながら、はっきりと言葉にした。

それからというもの、外食となるとしょっちゅうミスタードーナツに行くことになった。何度か他のラーメン店の前まで連れて行き、入口付近のメニューを見せては「ここのラーメンもすごく美味しいで〜」と勧めてみるが、首を横に振る。

「ちゃう、ちゃう、あそこがいい、あそこがおいしい」

頑なにミスタードーナツの汁そばにこだわりを見せる。正直、僕たちは飽きてきたのだが……。

挙げ句にはお小遣いを握りしめて、一人でミスタードーナツに行くようになった。ママのアパートでミスタードーナツのクーポン券を見つけたので、その事実が判明したのだ。迷惑をかけてはいないか恐る恐る店員さんに訊ねてみると、「大丈夫ですよ。いつも汁そばを指差されて注文していただいています」と丁寧に教えてくれた。

ありがたいことに、その店ではママの人となりや状況を把握しているようで、ママがパニックにならないように、他のメニューを勧めるといったことをあえて控えてくれていた。ママや僕たちは、いろんな人に助けてもらいながら、なんとか日常を送っていた。


若年性アルツハイマーとアルコール性脳萎縮の宣告を受けてから、十カ月ほど経ったある日のこと、僕の携帯電話にデイサービスの方から連絡が入った。

「足を怪我しているので応急処置はしましたが、傷口が深いようなので病院に連れていってください」

身寄りがない人や、よほどの緊急事態ではない限り、施設の職員さんは病院の付き添いはしてくれない。それは家族の管轄になる。

僕も嫁も仕事ですぐに動きが取れず、ひとまずママを安静にした状態で預かってもらい、劇場出番が終わるとすぐにママを迎えに行き、急いで病院へと連れていった。

「これ見てみ。骨が出てるやないか。何でこんなひどいことになったんや！」

医者は強い口調でママを叱りつけた。デイサービスで処置してもらった包帯を外し、ママの足の指を見ると、皮膚がぱっくりと裂けて骨が見えている。すぐに縫合してもらったが、ママは痛いとも何とも言わずに平然としている。

なぜこんな怪我をしたのか。それにはこんな事情があった。

この頃になると、ママは認知症による被害妄想が酷くなっていた。一つは家に泥棒が入ると言う妄想で、僕たちもよく聞かされていた。

ママはデイサービスから帰宅すると、泥棒対策として冷蔵庫を玄関まで運んで毎日バリケードを作っていたようだ。今朝は、デイサービスのお迎えの際に、玄関に置いた冷蔵庫を戻そうとして、冷蔵庫の下に足が入り込み、金具で指を切ってしまったのだ。

こんな婆さんがあんな重たいものを毎日持ち上げて家中を行き来しているなど、医者は信じられないようだったが、そりゃそうだろう。僕も初めは信じられなかった。

「認知症、だいぶ進行してるんやなぁ。普通やったら、こんな怪我したら痛くて耐えられへんのになあ」

認知症のママは今後も何をするかわからない。もっと大変なことが起こってもおかしくはない。今まで以上に気をつけなければならないが、付きっきりともいかないし……。

帰り道、もう泥棒は来ないからバリケードは不要だと柔らかく伝えたが、「となりの人、入ってくる。こわい。カギもってる」の一点張りのママ。

認知症の症状だとわかってはいるが、あまりにも不安げな顔をして、ママにしては珍しく信憑《しんぴょう》性のある口ぶりだ。このご時世、本当に老人の一人暮らしが狙われる事件も多い。妄想でない可能性もなきにしもあらずだと、ママを連れて近くの警察に寄った。だが、事情を話しても担当警察官は調書を取る素振りもせず、ママに問いかけた。

「隣の人が入った証拠はあるの？」

老人が怖がって困っているのに、なんて不親切な人だと少々苛立ちもしたが、冷静に考えてみればこのような被害妄想的な訴えなどは日常茶飯事。警察官には、緊急の事態なのか、認知症による虚言なのか見極めるなんて簡単なことなのだろう。

帰り際に担当の警察官が防犯の啓発ポスターをくれたので、ママのアパートの玄関扉に貼ることにした。

「ママ、これで泥棒も怖がって、中にはよう入ってけーへんわ」

ようやく納得したようで、安堵の表情を浮かべている。しかし翌日アパートを訪れると、ポスターを自分で剝がしてしまっていた。

「ドロボー、これ、はった。こわい」

昨日、ママの目の前で僕がそのポスターを貼ったことすら、ママはもうすっかり忘れていた。

事件

デイサービスのお世話になりながら、ママの一人暮らしが一年ほど経とうとした頃、ついに事件が起きた。

クリスマスイブの前日、家族で買い物に出掛けようとしていた矢先、嫁の携帯電話が鳴った。ママが住むアパートの管理人さんからだ。電話に出た嫁の顔色が一瞬で青白くなり、声のトーンが下がった。

「ママが隣の人に摑みかかって、大変なことになってるみたい」

買い物を中止してすぐにアパートに駆けつけると、ママが管理人室の椅子にうなだれて座っていた。

「出掛けようとした隣の人にバッタリ出くわして、お母さんが突然摑みかかったらしいです」

これは傷害事件になるのではないか。大きな不安が僕を襲った。

「隣の方は大丈夫ですか？　怪我はしていませんか？　謝罪させてください」

しっかりとした口ぶりで、すぐさま嫁が確認する。

「怪我はしていないので大丈夫ですが、その方はもうここには戻りたくないとおっしゃっています。しばらくホテルに泊まるそうで。だから今は不在です」

「すみません。もう母をここには戻しませんので、どうかお許しください。すぐに退去させます」

隣の方へのお見舞金とホテル代を支払うことを管理人さんに約束し、そのままママを僕たちの自宅へと連れて帰った。ママを一旦落ち着かせて、嫁がその足でデイサービスのケアマネージャーさんに転居の相談をしに走った。祝日なので難しいかもと半ば諦めていたが、たまたま事務局の方がファックスを取りに来ていたらしい。「今からママをこっちに連れてきて」と嫁から着信が入り、すぐにママを連れてケアステーションへと向かった。

ママと同居することを視野にいれての僕たちの考えを伝えると、同居を選択するならば、家族の誰かが付きっきりで介護する覚悟が必要だというアドバイスがやんわりかえってきた。

認知症はものごとを判断する力が失われていくが、身体は日に何度も冷蔵庫を動かせるくらいのパワーがある。それは、家族には心身共に相当な負担がかかるということを、物語っていた。

「今すぐショートステイ施設に移動させましょう。短期といっても一カ月だから、その間にグループホームを探しましょう」

ケアマネージャーさんによる大きな助け船に乗って、本当に運よくママはその日のうちに短期施設に入居することができた。

「となりの人、ドロボー、だからアカン、ドロボー」

ママの脳にはもう反省という言葉はない。これまでは老人のママが被害者になることばかりを心配して、加害者になることは一切考えていなかった。でも、認知症患者を介護するということは、加害者になるという面からも気を配らなくてはならなかったのだ。

「あ〜、ドロボーこない、ココいいわ〜」

短期施設のベッドでくつろいでいるママを見て、ホッとしたというより今後のことを思うと、更なる不安が湧き出てくる。

その年の我が家は、サンタクロースが現れることのない気の重いクリスマスを迎えた。そして、ママはもう一人で自由に暮らすことはできなくなってしまった。

ほっとしてもいられない。ショートステイ中に、移動先のグループホームを探さなければならないのだ。

しかし、ママのように他害の可能性のある認知症患者の場合、受け入れてもらえる施設はとことん限られた。

ママが服用する薬も変更された。認知症の進行を遅らせることよりも、現状では攻撃性のない穏やかな状態にすることが優先された。その薬を服用すると、しばらくママは大人しくなる。それは穏やかになるというよりは、ベッドにぐったりと横たわって身体の自由を制限されるという状態に近かった。

薬が効いて心が脱けたような状態のママを見つめながら、今後について考えを巡らせる。

もしも新たな受け入れ先が見つからなければ、僕たち家族はママと同居することになる。僕たちで介護ができるのか。一緒にいられない日はどうしよう。また以前のような事件を近隣の方に起こしてしまったらどうしよう。大きな不安が僕の脳裏を埋め尽くす。

暗い気持ちの続くなか、ひと筋の光が射し込んできた。年も明けた一月半ば、約三週間遅れのサンタさんからのプレゼントが届いた。ショートステイ先の方の知り合いがグループホームを開所することになり、ママを受け入れてくれることになったのだ。

「ママ、今度からは住み込みの仕事やからな。よろしくお願いしますね」

ママが理解していても、していなくても、僕や嫁は毎回こんなふうに伝えるようにしていた。何か一つでも人の役に立っているという気持ちが芽生えれば、ママは頑張ろうと思ってくれると信じていた。

ママの認知症は、たった一年で急激にステージを上げていた。

グループホームは認知症の人たちが共同で生活をする場所なので、みんなと生活するにあたって、他害が懸念だったが、ママの認知症の進行は速度を増して、もうそんな元気すら奪ってしまったようだった。

グループホームでは季節ごとに花火大会やクリスマス会などの催しがあり、そこで迎えた初めての淀川花火大会の日は、僕と嫁が車椅子を押して、ママと一緒に花火を眺めた。次々に夜空を彩《いろど》る大きな花火を見上げるママはとても楽しそうで、「あ〜〜、う〜〜」とときどき声を出して喜びを表現していた。

確実に症状は進行していく。それでもグループホームのスタッフのおかげでママはなんとか日常を過ごしている。そんななかで、末娘も小学校に上がり、長女と二女もそれぞれの受験や進学にとしっかり成長していった。

最後の砦

ママがグループホームに入所してから三回目の淀川花火大会を迎えた。

その頃になると、ママの妄想がさらに強くなり、いつも不安定な状態になっていた。ヘルパーさんや他の入所者の方々に迷惑をかけることが増え、担当医は薬を調整したりと手を打ってくれているのだが、ママへの苦情が毎日のように僕たちに入ってくる。もうママは他の人に危害を加える元気もないはずなのに。

受話器の向こうから強く苦情を言われても謝ることしかできない。そのたびに封筒に包んだお金をグループホームまで運ぶ。その頻度が次第に増えて、身勝手にも腹立たしい気持ちになったが、ママという人質をとられている気がして、どうすることもできない。ことあるたびに、どうにか生活費から工面した。

「こちらも人手が足りないので、せめて昼と夜だけでも食事の介助に来てもらいたいのですが、どうでしょうか」

そう打診されるが、どうあがいても僕たちにもうこれ以上時間は作れない。

僕も嫁も不在だったある日の夕方、小学生だった末娘がグループホームからの苦情の電話を受けてしまい、もうそろそろ施設を変えなければならない時期がきていることを心の底から感じた。

もちろんできるだけ都合をつけて、僕も嫁も施設へと足を運んだ。

ママはたいてい焦点の合わない目で、だらりとベッドに横たわっている。もう僕たちのこともわからないんだなぁと胸が痛む。ただ、寄り添うことしかできなかった。

あるとき、三時間ほどの眠りから目を覚ましたママが、僕の顔をしっかりとした眼差しで見つめながら囁いた。

「とも、くん、とも、くん、ともくん……」

とても小さな声で滑舌《かつぜつ》も悪かったが、確かに僕の名前を繰り返している。

「ママ、時間あるときは必ず会いに来るからな」

「あ〜、○▼◆○□◇◆、あ〜」

「ママ、ヨダレがついてるな。拭いたげるからな」

「あ〜、◆□◇○▼◇▼◆、あ〜」

ママはどれだけ強い薬を飲んでいるのだろうか。以前のママはとてもゆっくりとだが、何とか自分で歩くことができていた。他害の危険性が高いと判断されている以上、強い薬を服用しなければならないのだろうが、それは僕たちが看てあげられないせいなのではないか。僕たちのために、ママはこんな状態にならざるを得ないのではないか。そんな自己嫌悪で自分を責めずにはいられなかった。

ママの認知症のステージがまた一つ上がったとき、ケアマネージャーさんの勧めで、特別養護老人ホームへと移ることを決めた。

勧めてもらった特別養護老人ホームは、看取り直前までを想定した施設らしく、認知症の患者さんには最後の砦《とりで》のように思えた。

個室ではなく、大きな部屋をカーテンで仕切っている相部屋なので、ママの荷物は小さなタンス一つに収めるしかない。もう外出することもほとんどなくなったママの荷物を嫁に処分してもらい、身の回りのものは介護しやすいものに買い換えた。

特別養護老人ホームに移ると、他害の苦情を聞かなくなった。病状が治まったのではなく、他害できないほどに、身体が衰弱していたのだ。

もう強い薬のせいなんかではなく、認知症のせいでママは一日中ぼうっとしている。僕たちが声を掛けても、手を握りながら目を合わせても、ベッドに腰掛けたままの姿で、僕たちを見ようともしなくなった。

やがて車椅子生活になり、そして寝たきりになっていった。

ママが認知症という病に苦しめられているのに、僕はママに何もしてあげることもできない。そんな歯痒さだけが募り、深い悲しみに襲われる毎日を過ごすしかなかった。まるで遠いあの日と同じように。

寝たきりのママの姿が、河もっちゃんの姿と重なってしまう。

遠い遠いあの日。

あれから二十年以上も経っているというのに、思い出さないでおこうと頭を強く揺さぶっても決して消えてくれない。

家族で暮らしていた幼少の頃の楽しかった思い出は、僕の記憶からその部分だけが、かき消されたかのようにたとえ断片的にでさえも回想できないのに。

ベッドに横たわる河もっちゃんの姿は断片的でなく映像として脳裏で繰り返し再生される。

両親ともに元気な友達もたくさんいるし、すごく長生きしていてまだまだ活動的なじいちゃん、ばあちゃんもたくさん見てきた。

僕の大切な人は、なぜみんな生き急ぐのか……。

僕に足りないところがあるからなのか。もしそうなら、何をすればいいのかを考えても、答えは出ずに手詰まり状態が続く。

昔々にずっと河もっちゃんの手を握りしめて離さなかったときと同じように、今はママの手をずっとずっと握りしめていた。強く強く握りしめて離さなかった。

真夜中の通天閣で

ママの病状が悪化していくにつれて、僕の仕事は多忙になるという皮肉な現象が起きた。僕が以前出版した本が映画化されることになった。本当は嬉しいことのはずなのに……。

真夜中の通天閣さんの真下で、大勢の制作スタッフが、さまざまな角度から寂しそうな通天閣さんを撮影している。監督をつとめている僕の前に設置されたモニターには、悲しんでいる通天閣さんが映し出されている。

「はい、カットー！　オッケーです！」

ママの看病が必然的に疎《おろそ》かになってしまっている現実と直面し、それを紛らわすかのように、僕は真夜中なのに現場で必要以上の大声を張り上げる。通天閣さんはどう思っているんだろう。「冷たい息子だ」と軽蔑の眼で僕を見下ろしているのか。それとも笑顔で僕を真上から包んでくれようとしているのか。怖くて通天閣さんを直視できない。

「私がいてるし大丈夫。今は仕事だけを考えて」

嫁からの言葉にも救われたが、やはり不安は拭いきれない。本当にこれでいいのか。後々後悔するという最悪の事態になってしまうのではないか。ママを支えることが一番なのか、それとも仕事を優先することが正解なのか。答えがわからないまま時が過ぎた。

映画撮影に入るまでの準備期間はほとんど大阪に帰ってこられなかった。クランクインまでに仕上げておかねばならないことが山積みで、ママのことは嫁に任せっきりになってしまった。

「ママ、もちこたえて。頑張って」

真摯《しんし》にママのことを祈っているつもりではいるが、それは自分自身に対する言い訳のためでもあった。この期に及んでもまだ自分のことしか考えていない器の小さい僕を、通天閣さんはどう思うんだろう。

「きっと通天閣さんも、今は仕事を優先しろと思っているはずだ」

無理やり自分に言い聞かせて映画撮影に入った。早朝から深夜までのロケが幾日も続き、クランクアップになってもゆっくりする暇もなく編集作業に入る。次第に僕も作業に没頭して、いつしか看病どころかママの存在すら頭から消えてしまっていた。


映画は僕と河もっちゃんの若き日を主軸とした作品だが、そこに行きつく伏線として両親のことも散りばめた。

ごく普通のシーンを撮っているのに涙がこぼれ落ちる。

父が泥まみれになって働いて、苦労して僕たちきょうだいを養ってくれたこと。当時は子どもだし当然のことだと思って何も感じていなかったが、当時の父は映画撮影をしている今の僕とほぼ同世代。僕は今でもいい服を着たいし、美味しいものも食べたいし、楽しいことをいっぱい経験したいと思っている。欲望が身体からあふれ出ている。でも父はそんな欲をすべて捨て去り、ただただ我が子のために骨身を削ってくれていたのだ。

ママのこともたくさん描いた。生き方は不器用だけど元気な頃のママ。握ったおにぎりを毎朝、自転車の前カゴに入れておいてくれたり、劇場まで息子の姿を観に来たり、ママもただただ我が子のために骨身を削ってくれていた。

モニターに映るそんなシーンを目にして、大粒の涙が止めどなくあふれた。河もっちゃんとの永遠の別れの場面では、涙でモニターが見えなくなった。「はい、カット」という声も出せないくらいの嗚咽を上げて、僕はその場にしゃがみこんだ。

ママの余命

「お母さんが発熱しているので、これから救急で病院に連れていきます」

木々の紅葉も色褪せてくる秋深まった頃、施設から電話があった。ママはもうすでに口から栄養を取りづらくなっていた。点滴での栄養補給に切り替えるには、医療設備のない特別養護老人ホームを出て、病院に入院する必要がある。

探し始めると、自宅から自転車で十五分ぐらいのところにある総合病院が、ひとまずママを受け入れてくれるという。ありがたかった。

検査の結果、肺に水が溜まったことから炎症が起きている。つまり肺炎が発熱の原因だとすぐにわかった。

口からは栄養摂取が難しいとなると、今後のことを踏まえて大きな決断を迫られる。延命治療についてだ。大きくは三つの選択肢がある。一つは胃ろう。これは手術で胃に穴を開け、そこから栄養を流し込む。二つ目はこのまま点滴のみで栄養を体内に運ぶ。最後の一つは何もしない。

どれが正解なのかわからない。以前から介護経験者に相談を重ねて、延命治療は行わないと僕自身の中で決めていたのに、いざその段が来てみると、果たして本当にそれでいいのか……。

胃ろうの手術に耐えられるかどうかという問題もあるが、胃ろうの処置を施して、意識のない状態で何年も生き長らえた人もいるそうだ。自分の意思を伝える機能は失われているので、ママには相談できない。それどころか、今はもう意識もない状態なのだ。ママの余命は僕に任されている。その重圧に潰されそうになってしまう。

きょうだいに連絡を入れて相談もしたが、長男である僕に任せるとの返答だった。悩みに悩んだが、何日もかけて考えている余裕はなく、医師は僕からの答えを待っている。涙を堪えながら、医師にこう伝えた。

「母が一番楽な状態にしてあげてください」

僕は点滴で栄養を体内に運ぶ二つ目の選択肢を選んだ。もしも僕に有り余るほどの貯えがあれば、胃ろうという手段を選んだのかもしれない。でも計画性のない僕の貯蓄はもう底が見えてきていた。いや、底をついた。

少し前までは、印税がまとめて入ってくることを夢想して、「ママ、もうちょっとだけ待っといてや。最高の医療を段取りしたるからな」と、手を握りしめて、まぶたに涙をためながらカッコつけていた。まるで映画のワンシーンのように。でも世の中、そんなに甘くない。夢は夢で終わり、いつもの現実に引き戻される。

施設での介護生活が長くなればなるほど、見えないお金が次々に羽をつけて飛んでいく。僕はこの数年でそのことを思い知らされた。

「子どもの学費、まとめて支払わなあかんようになってなぁ」

マネージャーに猿芝居をうち、事務所からお金を借りても、一年もしないうちにそのお金も底をついた。

毎週末、数千円を握りしめて場外馬券場まで足を運び、「もし、これが当たれば大金になるで！全額ママに使ったるからな！」と、夢馬券に望みを託したりもした。それを幾度となく繰り返しても、夢は夢で終わる。場外馬券場の近隣に軒を連ねる店に立ち寄ることもなく、ランチの数百円をケチって自宅まで帰り、昨夜のおかずの残りをご飯にぶっかけて空腹を満たすのが現実だ。

何の協力もないきょうだいに対しても怒りが沸いてくる。怒りをぶつければ、その瞬間は多少スッキリもするが、後になって落ち込んでしまい、眠れない日が続いたりもする。

「苛立っても仕方ないやん。うちで全部面倒みたらええんとちゃうん」

嫁は往生際の悪い僕を諭してくれる。改めてきょうだいに連絡を入れ、「この前は言い過ぎたけど心配すんな。近々大きい印税入ってくるから何も気にせんと僕らに任せといたらええから」と、もともと無い袖を懸命に振ってカッコつけるも、ぼろ切れさえも袖になるものはない状態。

仕事終わりに天神橋筋六丁目駅近くを歩いていると「ジパング警備保障（株）」の人材募集の看板が目に入った。帰宅してネット検索してみると、勤務は不定期でも大丈夫のようで、日勤だけでなく夜勤の募集もある。

そうだ、ママのためにバイトしてみよう。それで稼いだお金はママのためだけに使おう。

若手の頃でさえ、まだ同棲中だった嫁ばかりを働かせて、バイト経験などたいしてない僕だが、今はママのことを思えば何だってできる。

四日間の研修を経て、すぐに現場に出た。ヘルメットに眼鏡、ネックウォーマーにマスクというフル装備で知り合いに気づかれないようにして、歩行者を誘導する仕事にいそしんだ。当初、愛車のベンツで通勤したが、さすがにばつが悪く、家族用のワンボックスカーに換えて、現場からかなり離れたパーキングに停めた。

勝手がわからず、現場ではよく注意を受けた。ほんの一年前までは映画監督として胸を張っていたのに、今は現場監督に叱られている。誘導棒を握って走り回りながら、ときには工事現場にダンプカーを誘導した。芸人としてのスケジュールもあるので、週に二回ほどしか働けなかったが、「ママのためだから辛くはない。むしろ嬉しい」という充実感、そして「ボクは今、すごく頑張っている」という満足感が、僕を鼓舞した。

警備員での給与振り込み専用の口座を見れば、今月いくら稼いだかがわかる。あとから見返してみると、半年ほど警備員として在籍していたが、実際に働いたのは三十日ぐらい。その上、ママのためにと言いながら、大半は交際費に消えていった。なのに、「ママのためを思えば、僕は死に物狂いで何でもできる！」などと、自己満足の美酒に酔いしれる僕。「ボクって、こういうところもママによう似てるわあ」と、オチでもつけたつもりになりながら……。

そんな僕なのに、警備員を辞めたあともジパングの社長さんはときどき食事に誘ってくれた。

「映画を撮って大赤字ですわ。でも自分のどうしてもやりたかった夢を叶えたいと思って、覚悟決めて挑んだんです」

料理に箸を伸ばしながら、カッコつけて言い放つ僕。

大赤字？　自主製作ならともかく、スポンサーありきで、所属する会社が制作を仕切るので、監督である僕が身銭を切るわけではない。身銭を切ったのは、ええカッコがしたくてスタッフや演者さんを引き連れて、後先の懐事情も計算せずに飲み歩いていただけのこと。

自分のやりたかった夢？　たまたま降って湧いた話なのだ。僕が映画化に向けて人並み以上に尽力して動き回り、寝る間を惜しんで努力を積み重ねたわけでもない。

その場限りの自分を着飾った言い訳を、社長さんは身内を心配するかのように「そうか、そうか」と、大きな懐におさめてくれていた。

社長さんとのはしご酒の締めくくりは、必ず東三国駅近くにある「スナックＲｉｎ」。ミナミや北新地のきらびやかな店も楽しいが、僕はこの店が一番好きだ。昔、ママが勤めていた京橋のスナックに雰囲気がよく似ているし、今の自分の身の丈にもあっている気がする。店内にはもうかなり前に出版した僕の本を飾ってくれて、映画のポスターもいまだに貼ってくれている。

「先にこれ飲んどき」

ママさんは、肝臓にやさしいと言われているしじみのサプリメントを必ず最初に手渡す。帰り際にも、同じサプリメントを一袋、僕に手渡してくれる。

「タカちゃん、これからも目一杯応援するからな〜！」

ジパングの社長さんとスナックＲｉｎのママさんは、口癖のようにこの台詞を僕に投げてくれる。何日も仕事がないときなどは気持ちも滅入《めい》ってしまうが、この店に来て本やポスターを目にすると、消えかけていた心の炎が再び大きくなる。翌朝はヘロヘロ状態の足取りで、入院しているママの元へと向かう。

「ママ〜、大丈夫か〜。今日も生きてるか〜」

「あんたのほうが大丈夫か〜！」

前夜のアルコールの働きも作用して、ママに話し掛けられているという錯覚を起こす始末だった。

先のことを考えて、愛車のベンツを売った。家族用として乗っていたワンボックスカーも売ることにしたが、十年以上も使用していたので残念ながら値段がつかずに処分するだけとなった。でも二台の車を手放したおかげで、それらにかかっていた維持費を他に回せた。愛車を売ったお金だけは手をつけずに何とか持ちこたえた。

理想と現実とは大きくかけ離れていたが、

「何にせよ、金は金やんけ！」

と、カラ元気のまま時を過ごした。

永遠の眠り

点滴のみの治療に切り替わったママの身体は、みるみる痩せ細っていった。

点滴治療といっても、具体的には、水分と最低限の栄養を針が血管に入らなくなるまで続けるというもので、針が入らなくなるとあとは自然に任せることになる。

嫁が以前、「枯らす技術」という記事をネットで見つけたことがある。それによると、最初から「何もしない」ほうが患者の負担がなくて楽なのだという。でも家族の気持ちはなかなかそう簡単には割り切れない。最期の挨拶をしたい人もいるし、お別れに向けての準備には猶予《ゆうよ》が欲しい。そうしたことから「点滴治療」を選択する家族が多いらしい。僕も含めて、本人ではなくあくまで周りの人間の都合による選択にも思えるが。

「この状態でどのくらい生命を維持できるのでしょうか？」

不謹慎だと思われるかもしれないが、先のことも考えないといけないので、僕は医師に率直に聞いてみた。

「余命は一概には言えませんが、こういう状態になると一カ月か二カ月ぐらいかなあ。年は越せないかもしれませんね」

患者それぞれの体力にもよるため、医師にも判断は難しいという。つまり明日、明後日にママの心臓が停止してもおかしくはないのだ。

「ママ、頑張ってくれ。しんどいやろうけど頑張ってくれ」

ママが旅立つ前に、絶対に会わせたい人がいた。ママのお腹からこの世に出てきて産声《うぶごえ》をあげた僕のきょうだいたち。彼らには、どうしても最後に会ってもらいたい。興奮状態の僕がみんなに電話をすると、苛立って罵声を浴びせてしまうかもしれない。そう察知した嫁が代わりに連絡を取ってくれた。

「お母さんはもう長くありません。いろいろな経緯も知ってますから無理にとは言いませんが、生きてるうちに会ってみてはどうでしょうか」

冷静な声で嫁は言葉を続ける。

「会ったからといって、今後何かをしなくてはという心配は一切いりません。お母さんのために会うのではなく、自分のために会ってみてはどうですか」

会うか会わないかはそれぞれの感情や考え方もあるので、それ以上はどうすることもできないのだが、ママに一目だけでも会ってほしい。僕は祈るような気持ちだった。

三日後の朝早く、僕の携帯電話に弟から連絡が入った。

「昨日、会ってきたよ」

「ああ、そうなんや。ご苦労さん」

平静を装い、軽い会話で締めくくったが、涙が僕の両頬を幾粒もつたった。

夜、嫁と一緒に病院へ行くと、ママのオムツが増えていた。

「よかったなあ。やっぱりマー坊もママに会うタイミング探してたんやなあ」

「オムツ、気が利くね～。さすがママが産んだ息子さん。ママ、このオムツ高いんだよ～」

嫁はママの痩せ細った腕をそっと擦《さす》りながら、涙に濡れたくしゃくしゃの笑顔で眠り続けるママと会話していた。


十一月に入ると、雨の降る日が多くなり、オムツやタオルが濡れないように病院まで自転車を走らせる日々が続いた。

今日も生きてくれている。ママの顔を見るとそれだけで安心した。

「頑張ってくれてありがとね。お疲れさま」

何も話せないママが、そう言ってくれているような気がする。僕はいつも、今日はこうだった、ああだったとママの耳元で囁きかけ、いろんな話を聞いてもらった。

総合病院は基本的に急性期の患者のためにある。病状がある意味落ち着いているママは、退院を余儀なくされた。病院側に転院先の候補をいくつか提案してもらい、それぞれの病院へ面談に向かう。ただ、面談でＯＫが出ても、空き状況は日々変わるため、複数の受け入れ先を想定しておく必要がある。

たった一つだけだが、ママの状態を理解した上で、受け入れてくれる病院がタイミングよく見つかり、週末に合わせて転院する流れとなった。

十一月下旬。転院の日を迎えた。荷物をまとめた後、意識の無いママを担架ごと介護タクシーに乗せて、僕と嫁も一緒に乗り込む。ママは不安なんだろうか、どうなんだろうか、と考えているうちに病院に到着した。

昔からある古くて小さな病院で、入院している患者さんのほとんどがママと同じ状態か、それよりも少しばかり軽度の高齢者ばかり。終末期の老人を受け入れてくれるこの病院で、意識のないママと一緒に、まずは診察の順番を待った。

医師からの説明は、総合病院での話とほとんど同じ内容だ。

「点滴をこのまま続けますが、点滴の針が入らなくなったらもう治療は行いません。これは患者さんをほったらかしにするというわけではなく、一番安らかに逝ける方法です」

まさに枯らす技術だ。

僕はきょうだいに転院先とママの現状をメールで伝えた。数日後、マー坊や美保、そして東京に住んでいる洋子姉ちゃんもお見舞いに来てくれた。いつ息を引き取るかはわからないが、生きている母親に会えるのはこれが最後という気持ちで、みんなはママのそばにいてくれた。

「お母さん……て呼ぶのは初めてやし、すごい照れくさいけど……。お母さん、僕を産んでくれてありがとう」

マー坊は木の枝のように細くなったママの腕を撫でながら目を真っ赤にした。弟に続いて、洋子姉ちゃんと美保もママの身体を撫でながら、この世に産んでくれた感謝の言葉を述べていた。きょうだいの前で涙するのは恥ずかしいので、僕は病院のトイレに駆け込みひたすら泣いた。

「ママ、よかったな。ほんまに、ほんまに、よかったな」

ママは残りわずかな体力を振り絞り、何とか年を越すことができた。

「偉いぞママ。すごいぞママ！　その調子、その調子！」

相変わらず意識のないママだが、たまに反応してくれる。それはただの反射だとわかっていても、嬉しかった。

この病院は、狭い部屋に何人もの患者がいるため、あまり長居はできなかったが、毎日ほんの少しの時間でもママの顔を見に、そしてママの手に触れに病室へと足を運んだ。

吸引器で痰を取るときは苦しいような表情を見せた。ママの歯はほとんどが抜け落ちてしまっていて、口内は乾燥して出血しているため、ガーゼをくわえさせられている。もう水分も口からは摂ることはできない。もし口から水分を入れると、たちまち肺に入ってしまい命に危険があるそうだ。医師や看護士には内緒にしていたが、一度だけママが大好きだった干しエビと椎茸の出汁を嫁に作ってもらい、誰もいないタイミングを見計らって、綿棒に一滴だけ湿らせた出汁でママの舌を濡らしたことがある。もうあまりこの世での時間がないママに、少しでも喜んでもらいたかった。ママは微かだが反応してくれた。

「ママ、食べたかったんやなあ」

ただの反射だとはわかっていても、ママの意思を感じた気がして、涙が止まらなくなった。嫁も僕のそばで静かに涙を流していた。


「ママ、すごいな。年越せるかどうかってお医者さん言うてたけど、二月を迎えたよ。さっすが僕のママや！」

毎日のようにママと会話し続けた。その頃のママは目にゼラチンのような膜が張っている状態になっていた。そしてある日、院長先生から告げられた。

「点滴の針がもうどこからも入らないので、点滴での治療はこれで終わります」

ママの身体を触ると、もうどこにも脂肪はなく、文字どおり骨と皮だけ。

「ママ、よく頑張ったね……」

担当の看護師さんに状況を訊ねると、「もうかなり体力が衰えていますので……」と重い返事だけが返ってくる。

ママのお腹を撫でると、ガリガリに痩せて皮膚がたるんでいた。

「僕はこのお腹に宿ったんやな」

僕はそんなママの身体を、何度も何度も、優しく撫で続けた。


翌日、仕事を終えて携帯電話を手にすると、嫁からの不在着信で履歴が埋め尽くされている。慌てて折り返した。

「ママ、もう、そろそろみたい……」

急いで病院に駆けつけると、ママの横で院長先生が待ち構えていた。

「それでは機械を外します。21時23分、ご臨終です」

院長先生は看護師さんとともに動かぬママに手を合わせ、僕が到着した時間をもって死亡時刻にしてくれたのだ。

嫁が無言で頭を下げた。僕も深々と頭を下げた。ママは本当に安らかで、苦しむ様子もなく、まさに枯れた木が朽《く》ちていくように永遠の眠りについた。

長い長い間、七十五年間、ママの身体、お疲れさま。

十年以上も認知症の肉体に閉じ込められていたママの魂が解放されて、ようやく自由になれたんだね。

ママは看護師さんに連れられて、別室で身体をきれいに洗ってもらい、また元の部屋に戻ってきた。すると嫁が紙袋の中からワンピースを取り出した。

「ん？　それ何？」

「昔、ママがよく着てたワンピースやで。覚えてない？」

言われてみれば、ママがまだまだ元気だった頃、その派手な服をよく着ていた覚えがある。嫁は看護師さんにそのワンピースを手渡して、「これを着せてあげてください」とお願いした。

「芸人のあんたを産んだお母さんやねんから、ビシッと決めて旅立たんとカッコ悪いやろうからな」

「処分せんと置いといてくれてたん？」

「うん。女は何歳になってもオシャレでありたいもんやしな」

「ありがとう。照れくさいけど……、ミキコと結婚してほんまによかったわ」

僕は嫁に情けない笑顔を見せた。

「私はもしママと出会ってなかったら、あんたとはとっくに別れてたかもやなあ」

嫁が僕に笑い返す。ふとママに目をやると、なんだかママも笑っている気がした。

終章——ママの宝物

ママと二人きりになった深夜の北大阪祭典。

いつの間にか窓の外では雨が降りだしていた。十時間以上燃焼し続けるロール型の線香も用意されていたが、僕はそれを使わずに三十分おきにお線香を交換しながらママとの夜を過ごした。これが最後にママにしてあげられる唯一のこと。僕の中ではせめてもの親孝行のつもりだ。

普段は正座などしたら十五分ともたない僕だけど、今日は不思議と脚が痛くならない。多少の痺れはあるけれどママの顔を見ていたら耐えられる。むしろ脚の痺れが心地よいぐらいだ。

いつの間にか夜が明けた。そろそろみんなが来る。

昨夜降りだした雨が、今朝も激しくアスファルトを叩いている。土砂降りのなか、前日と同じ顔ぶれが揃い、こぢんまりした空間は息苦しいほど満員御礼。お経を唱え終えたお坊さんが退席して、ほんの少し呼吸が楽になった。

棺を開いてママの全身を覆うように花で埋め尽くす。この棺の蓋を閉めると、もうこの世にあるママの身体には触れることはできないのだ。僕はきれいに化粧が施されたママの頬にそっと手を当てた。

ママ、僕の手のひらの温もりを感じてくれてるかな。ママの頬は冷たくなっているけど、僕はママの温もりを涙の中に感じているからね。

もう開くことのないママの棺を火葬場のある佃斎場へと運ぶ。車のワイパーは最大のスピードにしなければならないほどの大雨。

茶毘《だび》に付されている約二時間は、きょうだい四人揃って控え室で過ごした。この大雨では外に出る気にもならない。自然と日本橋に住んでいた何十年も前の話になった。

「ママって何でもメモに残しておく人やったなあ」

「ところで、なんでママは真顔で〈通天閣さん〉て言うてたんやろ？」

「そうや、思い出した！　ママの店の名前、喫茶ランや！」

「あの頃のママって女優さんよりも芸能人みたいな格好してたなあ」

「ほんまはウエス工場の嫁やのに」

洋子姉ちゃんも美保もマー坊もおぼろ気ながらいろんなことを思い出し始めた。僕は不思議な気持ちでみんなの話に耳を傾けていた。目には見えない何か大きな力が消してしまったはずの記憶が、少しずつ少しずつよみがえってきている。もしかしたら、負の力だと思っていた何らかの力は、僕たちきょうだいが、再びママの子どもに戻るための、愛に満ちた力だったのかも知れない。そんな気がした。

目まぐるしく葬儀を終えると、僕は小さくなったママを抱いて帰宅した。ママは四十九日まで、長男である僕と暮らすことになった。

荷物だらけの僕の部屋にテーブルを運び込み、ママの若かりし日の遺影と小さな骨壺と白木の位牌を並べると、部屋はさらに手狭になったが、このほうがママを近くに感じることができる。

「最後の遺品は知浩くんが片付けてあげて」

窮屈になった僕の部屋に、嫁が衣装ケースを運んできた。

施設に移ってからしばらく経った頃、担当介護士さんから、今後ママがアパートに帰るのは難しいだろうと告げられ、嫁が一カ月ほどかけて、ママの家財道具一式をより分けて、不要なものを処分してくれていた。

我が家の押し入れにしまいこんだままだった、古びたプラスチック製の衣装ケース。たった一つのこのケースだけがママの遺品だ。

一番上に入っていたのは新品のパジャマと下着類、そして大人用オムツ。

「ママが回復しても帰る家はうちになるから、一応用意しといてん」

嫁の深い気遣いに、言葉も出なかった。

「ほんの少しの間でも、ママと一緒に暮らせてたら知浩くんも嬉しかったのにな」

嫁に感謝の言葉を伝えたかった。でもどれだけ伝えても足りない気がした。言葉を重ねたら二人とも泣き崩れてしまいそうだった。

「ありがとう」

ただ一言だけ、小さく呟いた。

今にもこぼれ落ちそうになる涙を押しとどめて、パジャマや下着類、大人用オムツを取り出すと、下から古いアルバムが姿を現した。写真屋で現像したときなどにサービスでくれる無料のアルバム。捲《めく》ってみると、写真は撮られた時期がばらばらだ。どうやらお気に入りの写真を選《よ》って、まとめていつでも見られるようにしていたようだ。僕たちきょうだいの色褪せた写真がアルバムの大半を占めている。

「これ、すごいな。家族揃って東京に旅行してるやん」

嫁が指差した写真をよく見てみると「有楽町一丁目名店街」と掲げられている看板や、神田行きのバス停が背景に写っている。

「しかもみんなの服、誂《あつら》えもんちゃうの。お金持ちやったんやね」

僕と弟、姉と妹はそれぞれが、子役の衣装のようなお揃いのスーツやワンピースを着ている。難波の高島屋で買ってもらった高級服に違いない。なのに、僕だけは叱られたあとだったのか、それとも歩き疲れて愚図っていたのか、すこぶる不機嫌な顔をしている。一張羅を着せてもらって大都会の東京に旅行しているというのに。「もっと喜べよ」と写真の中の僕に呟いた。

お出掛けの写真はいくつもあった。僕はママの太ももものあたりにスカートの上からしがみついて、姉はママの腰のあたりを握り、妹がママに抱っこされている。僕がおそらく二歳ぐらいだから弟はまだ生まれていなかったけど、ママのお腹の中にはもうすでに弟の生命が宿っていた頃だ。後方には太陽の塔が見えているので大阪万博の時に撮った写真だろう。

家族写真には父が写っていない。父がカメラのシャッターを押していたからだろう。ふと、父がよく持っていた黒色の一眼レフカメラが記憶によみがえる。少し突き出たレンズのふちをくるくると回してピントを合わせていた父も脳裏に浮かぶ。

「浜寺プール」と掲げられている前での写真は、ママが弟を抱っこしている。弟は生後一年ぐらいだろうか。姉は目を楽しそうに一本線にしながら大きく口を開けて笑っている。よほど浜寺プールに来るのを楽しみにしていたのだろうか。妹はママの太ももにしがみついている。大阪万博での写真の中の僕とほぼ同じ姿の妹。僕はこの写真の中でも不機嫌な顔をしている。色褪せた写真なので水着の色まではわからないがレオタードのような水着姿。僕は姉からのお下がりの女子の水着を着せられているから拗《す》ねていたのかな。

家族で浜寺プールに向かう道中の記憶もよみがえる。通天閣さんのすぐ近くの駅から出発する路面電車に揺られて、「チンチンチンチン」と音を鳴らすリズムに合わせ、僕たちも「チンチンチンチン」と楽しげに叫んでいた懐かしいあの頃。

遠くのどこかに隠れていた記憶がまた戻ってきた。ママと僕たちがどんどん繫がってきた。消えゆく記憶であるはずが、決して消えない記憶へと蘇生され、僕たちとママの間に磐石な橋が築き上げられていく。

何十年も前の写真を大切に持ってくれていたママの愛が、僕たち家族の一つひとつの思い出を繫ぎ合わせてくれたのだ。

家族写真以外では、何といっても僕のワンショット写真が断然多い。自宅前のビニールプールで一人ではしゃぐ丸裸の僕。三輪車のペダルの踏み込み方がわからなくて膨れっ面になっている僕。どこかの写真館で緊張気味な顔をして記念写真におさまっている僕。

小さい頃だけではなく、高校時代の写真もいくつかあった。学生服姿に坊主頭、真っ黒に日焼けしているのに頰やおでこにできているニキビがくっきりとわかる。ママのマンションで嫌になるほどカメラを向けられて、ついに嫌気がさしてママに文句を言ったあの頃を思い出す。ポーズも表情もほぼ同じの気だるそうな僕。そんなあか抜けしない息子の写真を、ママは何枚も何枚も、大切に持っていた。

大阪球場の打席に立つユニフォーム姿の僕を、一塁側観客席の上段から撮影した写真。遠すぎて誰が見ても僕だとはわからないが、ママと僕だけはわかる。本人とその子を生んだ親にしかわからない写真。

高校の卒業式の日、式典が終わって野球部仲間がグラウンドに集まり、後輩たちが写真を撮ってくれた。そんな風景を丸ごとバックネット越しからカメラに収めた写真。野球部の卒業生だけでも何十人といるし、その前には後輩たちが僕たちにカメラを向けてしゃがんでいる。おまけにバックネットの網が黒い線になって写っているので、一体どこに誰がいるのかすらもわからない写真だが、ママと僕だけはわかる。僕がどこにいるのかがわかるのは、ママと僕の二人だけ。

劇場で漫才をしている写真もいくつかあった。僕が若手の頃はまだ劇場内でのカメラ撮影は、テレビ収録時以外なら許可されていた。そのなかで、漫才なのに僕一人しか写っていない写真。これは舞台にかなり近い席から撮っている。若年層で埋め尽くされた客席の中で、懸命に舞台上の僕を写す大きなサングラスをしたオバサン。出演者や客席の誰もがそのオバサンの存在に気づいているが、そのオバサンが僕のママだということは誰一人として知らない。知っているのは、ママと僕の二人だけ。

この薄っぺらいアルバムの中に、ママの分厚い愛がぎゅうぎゅうに詰まっている。アルバムに一粒の涙が落ちた。

衣装ケースの底には、たくさんの紙切れがクリップで留められていて、それがいくつも散らばっている。その一つの束を手にした。

「Aチーム残れたよ。これからは試合に出れると思う。あさってはいきなり柏原っていう強いチームと練習試合やってさ。がんばってくるわ」

ものすごく下手な字だ。だからわかる。間違いなく高校生の僕が書いたもの。京橋駅の自転車置き場で走り書きして、風呂敷に入れておいた紙切れだ。二枚目にも目を通す。

「部屋になんでも置いといたらいいからね」

ママが我孫子から京橋に引っ越してきたときの、ママから僕への置き手紙。

「奥の部屋を見てちょーだい。ともくんのためにカセットデッキ買いましたよ」

僕のためにママは京橋というあまり馴染みのない町に移り住んで、僕のために部屋を用意してくれたあのときのもの。

「少しあったかくなってきましたね。最近はぜんぜん会えてないけど元気にしてますか？　ママは少しさみしいです」

僕は野球人生最後となる夏の大阪予選大会に向け、毎日練習で必死になっていて、なかなかママと顔を合わせていなかった三十年前の夏のあの頃。

「少ししかないけど、このお金をサイフに入れといてくださいね。でも、ともくん、ムダづかいはダメやで」

置き手紙の一つひとつに、角を折り曲げた形跡がある。僕がそれを読んだという印だ。

「ありがとう。助かるわ」

お金をもらったときだけママ宛に走り書きをしたメモに、僕は思わず苦笑する。そんな紙切れ一枚一枚をも、ママは大切に残してくれていたのだ。

衣装ケースの底から、同じくクリップで留められているもう一つの束を手にした。

「ともくんが何となく帰って来そうな気がして、おにぎり握っておきました。女のカンです」

この置き手紙の頃の僕は確か芸人になったばかりで、自分の都合だけでママのマンションに出入りしていた。当時のマンションのにおいを思い出し、懐かしさに胸の痛みも混ざる。

ママの住んでいたマンション前の小さな公園の花壇から、微かな風に乗って漂ってくる四季折々のにおい。エレベーター内に漂う子犬の尿のにおい。玄関の扉を開けると同時に漂ってくるママのにおい。その一つひとつの記憶が僕の脳内で生き返ってくる。

別の紙切れを拾い上げた。角を折り曲げた形跡がないので、僕が目を通していない置き手紙だ。

「ともくん、ちゃんとゴハン食べてますか？　ママは念のため毎日、ともくんのおにぎりだけは用意しているからね」

「ミキコちゃん、かわいいね。ドキドキしました。ママは少しさみしくなるけど安心もしました。もうおにぎりを握る必要はなくなっちゃったね」

「こっそりと漫才をみに行きました。ママはいっぱい笑って、いっぱい泣きました。ありがとう、ともくん」

「テレビでよくみていますよ。ときどき顔がむくんでるね。お酒の飲みすぎはダメだよ。一応グレープフルーツジュースを冷蔵庫に入れとくね」

ママの言葉に触れるたび、また一つ涙の粒が手に持った紙切れに落ちてじんわりじんわりと染み込んでいく。

僕がほとんどママのマンションに立ち寄らなくなってからも、置き手紙やおにぎりや特製ジュースを毎日のように用意してくれていた。そんなママの時間を、ママの姿を、ママの愛を、今ようやく受け取れた気がした。


ママ……。聞こえてる？

ママの小さな願いだった、僕の結婚式。結局、僕とミキコは結婚式を挙げることはなかったし、僕がタキシードを着ることもなかった。だけど、結婚式の最後に、新郎が読む、謝辞があるよね。あれを今、ここでママにだけ、読み上げようと思います。

ママ、聞いていてくれるかな……。


ママへ。

本日は霊界に旅立つ準備などでご多忙の中、ご出席いただいて感謝申し上げます。姿はないままでいいので、どうか魂のお耳だけでも傾けていただければありがたく思います。

ここ最近、ママが自らの人生をもって僕に伝えようとしたことは何やったんやろう？　とずっと考えていました。お互いの立場とかもいろいろと入り組んでしまって、息子の僕に言いたくても言えなかったこともたくさんあったんやろなあ、なんてようやく大人になった僕は、ママの命が尽きる寸前になって、ママのこれまでの人生を頭の中で振り返り、その答えを探すようになりました。

僕が子どもの頃、ママは家族のさらなる幸せを手に入れようとして商いを始めてくれましたね。子どもながらに「ママは勝手な生き方してる」と思ってましたが、その頃のママは寝食も忘れるほど仕事に没頭し、僕たちのために頑張ってくれてたんですね。

でもそれが不発に終わってしまい、その代償としての負債が残ったときは辛かったと思います。そのため高山家がママにとって針のむしろのようになってしまい、でもそこで素直に頭を下げることができずに感情的に反発していたところは、僕の性格とよく似ているのでママの気持ちが今になって痛いほどわかります。

ママが家を出ていったときは寂しかったよ。きょうだい四人で毎日毎日泣いてたよ。辛いこと思い出させてごめんね。そのときは僕たちだけが悲しい思いをしてると感じていたけど、ママはもっともっと悲しかったんだよね。だって僕たちには家族があるけど、ママは独りぼっちになってしまったんだもんね。実家にも帰れなかったんだもんね。

おそらくママのことだから来る日も来る日も後悔の連続で、しかし今さらどうすることもできずに、それをごまかすためにお酒を飲んで、その場の高揚だけで自分の心が落ち込んでいくのを食い止めていたんでしょう。僕も凹《へこ》みまくったときはついお酒の力を利用し、その場しのぎで気持ちを安定させようとしてしまう性分です。でもね、ママ、僕にはわかるんだ。ママは翌朝目覚めると後悔が再び大波になって逆流してしまっていて、さらにママの心が溺れて息苦しくなってしまっていることを。僕、よくわかるやろ。だって僕もママと一緒やもん。

僕が高校二年の頃に偶然ママと再会したときは驚いたし、すごくすごく嬉しかったよ。「これは神様が引き合わせてくれたんや！」と高校生の僕は信じていました。でもせっかく神様からいただいた光を見出すチャンスを、自分本意な僕は、ママの心の再建に協力してあげられなかったと遅まきながら反省してます。ママが射し込んでくれた光を遮断してしまってごめんね。

若き日の僕の勝手気ままなわがままにも、ママは絶対に首を縦に動かしてくれていたね。すべてを受け入れて何でも聞いてくれていたね。ママ自身も我が子を甘やかしていると気づいていても、僕をそばに留めておく一つの方法として、すべてを許してくれていたね。その方法は間違いだとわかっていても、ママは何も言わなかったね。僕はそこにつけこむ狡《ずる》いクソガキでした。ぜんぜん理想の子どもじゃなかったね。謝ってばかりになるけど、ホントごめんね。

「ともくんが生まれたときはなあ……」

昔々の僕には記憶のないそんな話を、お酒で気分が高揚したママはよく僕に聞かせてくれてたね。そしてすごく嬉しそうな飛びっきりの笑顔を見せてくれてたね。僕、もっとちゃんとリアクションとってあげればよかったと反省してるよ。僕も芸人の端くれなんだから、それくらいのことは容易にできたはずなのにね。

ママの体調が思わしくなくなってきたとき、一緒に暮らしたほうがええかな？　と考えたけど、結局はマンションが手狭になるとか、付きっきりの介護は時間的に厳しいとか、娘たちの受験の問題もあるとか、僕の中でちっぽけな理由を探して、ママとは一緒に暮らさなかったことに後悔の念を抱いています。

決してママからは「助けてちょーだい」なんて言わなかったね。ママ、気を遣ってくれてたんだね。ママは本当に強い人だね。


ママにとってはもう他人になるけど、僕の父も、父方のおばあちゃんも僕たちきょうだいに、できる精一杯の愛情を注いでくれたよ。僕がずっと若い頃にママにも伝えたことがあったかもしれないけど、ママ方のおばあちゃんなんてもうヨボヨボな身体なのに、ママの情報を探しに住道まで来てくれたこともあったんだよ。すごく僕たちのことも心配してくれてたんだよ。そんなみんなの愛のシャワーを浴びたから僕は充実した青春時代を過ごせたよ。たとえその愛が、ときには重荷や不快に感じても、不器用だと思っても、すべての愛が知らず知らずのうちに僕の体内に吸収されて、僕が大人になっていくための糧となり、現在の僕があるんだなぁと思うようになれたよ。

因縁や業はそれぞれの家庭によって多種多様だろうけど、一つひとつを僕と関わった身内が背負ってくれて、少しでも僕たちきょうだいに負担をかけないように尽力してくれたから、僕は今の人生を満喫させてもらえてるんだと思っているよ。ママも、たくさんの目に見えない重荷を担いで旅立ってくれるんだね。少しでも僕の負担を減らして、大きな難が小さな難ですむよう身代わりになってくれたんだね。ありがとう。

でも、その担いでいる荷物がどうしても重くて大変だったら、遠慮せずこの世に置いていったらいいからね。頼りない僕やけど頑張ってみるから。ママをはじめ、父や二人のおばあちゃんが必死に教えてくれたことを僕が実践して、荷物の一つひとつを清流に乗せて浄化させていく努力をするからね。できる限りキレイな形で次世代に繋ぐからね。

だからママ、安心してね。

最後になりましたが、僕はママが知ってのとおり、まだまだ未熟な中年です。でも妻と二人で支え合って、温かい家庭を継続していけるよう努力してまいります。

これからも今までと変わらず、霊界よりご指導ご鞭撻いただきますよう、お願い申し上げます。

本日は最後までお聞きくださいましてありがとうございます。

ママが元気だった頃によくしていたおでこが膝にくっつくぐらいのお辞儀を、ママの遺影に向かって、感謝の気持ちいっぱいで真似てみた。

謝辞を終えた僕はママの遺品をおさめた衣装ケースに目を戻した。

その衣装ケースの底で眠るたくさんの紙切れのなかには小さなノートが紛《まぎ》れていた。僕は静かにそれを取り出した。そこにはママの住所が書かれていた。次のページにはママの名前が書かれている。ママの字で書かれたママの住所とママの名前は、何ページにも及んで綴《つづ》られている。ママは消えそうになる記憶を忘れまいとして書き続けていたのか。

「なべ、こっぷ、つくえ、さいふ、まくら、かーてん……」

ノートの中盤あたりからは、たくさんの単語がひらがなで書かれている。ママは目についたものの名称を思い出しては書き留め、忘れてしまわないようにメモに残していたのだ。消えゆく記憶と懸命に戦って、誰にも甘えることも相談することもなく、たった一人で病を治そうとしていた。

その小さなノート最後のページには、こう書かれてあった。

「ようこ　ともひろ　みほ　まさたか」

僕は倒れ込むようにうつ伏して、ただ嗚咽を上げた。

ママがお腹を痛めて産んでくれた僕たちきょうだい四人は幸せものです。

衣装ケースのなかのものはママの遺品ではなく、ママの大切な宝物だったんだ。このママの宝物は、これからは僕の宝物にします。僕が年老いて命尽きるまで、大切に預からせてもらう。そして最後はママの長男である僕が、ママの元に届ける。もし、そのときにママの記憶がすべて消えてしまっていたとしても、僕が思い出させてあげる。僕とママの絆は決して消えないものだから。

ママ、それまで待っていてください。


窓を開けて外を見上げると、もう陽は落ちていた。だけど夜空はまだ涙を流し続けてくれている。その細やかな優しい雨のなかで、ママは通天閣さんのように、晴れを示す真っ白な輝きを放ちながら笑っていた。本当は寂しいはずなのに、いつまでも笑っていた。

ママはがんばり屋さんだね。

通天閣さんと同じ王冠を被っているママが、ふと見えた気がした。